MO YAN
DEĞİŞİM

Can Çağdaş

Değişim, Mo Yan
Çince aslından çeviren: Erdem Kurtuldu
Bian

1. basım: 2016
7. basım: Mart 2023, İstanbul
Bu kitabın 7. baskısı 2000 adet yapılmıştır.

Dizi editörü: Cem Alpan
Editör: Seçkin Selvi
Düzelti: Mert Tokur
Mizanpaj: Bahar Kuru Yerek

Kapak tasarımı: Utku Lomlu / Lom Creative (www.lom.com.tr)

Baskı ve cilt: Melisa Matbaacılık Yayıncılık San ve Dış Tic. Ltd.
Maltepe Mah. Davutpaşa Çiftehavuzlar Sk. No:16 Acar San. Sit.
Zeytinburnu, İstanbul
Sertifika No: 45099

ISBN 978-975-07-3177-8

CAN SANAT YAYINLARI
YAPIM VE DAĞITIM TİCARET VE SANAYİ A.Ş.
Maslak Mah. Eski Büyükdere Cad. İz Plaza Giz, No: 9/25 Sarıyer/İstanbul
Telefon: (0212) 252 56 75 / 252 59 88 / 252 59 89 Faks: (0212) 252 72 33
canyayinlari.com
yayinevi@canyayinlari.com
Sertifika No: 43514

MO YAN

DEĞİŞİM

UZUN ÖYKÜ

2012 NOBEL EDEBİYAT ÖDÜLÜ

Çince aslından çeviren
Erdem Kurtuldu

can

Mo Yan'ın Can Yayınları'ndaki diğer kitapları:

Kızıl Darı Tarlaları, 2013

İri Memeler ve Geniş Kalçalar, 2014

Yaşam ve Ölüm Yorgunu, 2015

Saydam Turp, 2017

İçki Cumhuriyeti, 2020

MO YAN, 1955'te Çin'de doğdu. Kültür Devrimi sırasında on bir yaşındayken okulu bırakıp çiftçi olarak çalışmaya başladı. Ardından bir pamuk fabrikasında çalıştı ve yazmaya başladı. İlk çalışmaları daha çok Mao dönemine özgü toplumcu gerçekçi tarzdaydı. 1976'da Kültür Devrimi hareketi sona erince Mo Yan, Halk Kurtuluş Ordusu'na katıldı ve bir yandan orduda görev yaparken öte yandan yazmayı sürdürdü. Asıl adı Guăn Móyè olan yazar, 1984'ten itibaren Çince "sakın konuşma" anlamına gelen Mo Yan adını kullanmaya başladı. *Time* dergisinin "Çin'in en ünlü, en sık yasaklanan ve en çok korsan baskısı yapılan yazarlarından biri" olarak tanımladığı Mo Yan'ın başlıca romanları arasında, *Kızıl Darı Tarlaları*, *İri Memeler ve Geniş Kalçalar*, "Sandalağacı Azabı", *Yaşam ve Ölüm Yorgunu*, *Değişim*, "Kırk Bir Havan Topu", "Sarmısak Baladı", "İçki Cumhuriyeti" bulunuyor. Öte yandan "Usta Gittikçe Daha Komik Oluyor" adlı öykü derlemesi ve "Patlama" adlı öykü kitabı vardır. Mo Yan, 2012 Nobel Edebiyat Ödülü'nü alırken Çin'de doğan ve Çin'de yaşamayı sürdüren ilk Çinli Nobel ödüllü yazar oldu.

ERDEM KURTULDU, 1981'de İstanbul'da doğdu. 2006'da Ankara Üniversitesi DTCF Sinoloji Bölümü'nden mezun oldu. Aynı yıl Çin hükümetinin verdiği bursla Beijing Dil ve Kültür Üniversitesi'nde Çince dil çalışmalarına devam etti. Çin'den döndükten sonra çeşitli sektörlerde tercüman olarak çalıştı. Çevirmenin bir de YKY Kâzım Taşkent Klasik Yapıtlar Dizisi için hazırlayıp çevirdiği bir şiir derlemesi vardır.

ÖNSÖZ

Ocak 2005'te İtalya'nın Udine şehrine Nonino Uluslararası Edebiyat Ödülü'nü almaya giderken kızım Xiaoxiao eşlik etti bana. Orada Kalkütalı bir yayınevinin[1] editörü olan Naveen Kishore'yle tanıştım. Kızım onunla İngilizce konuşurken ben de bir yanda oturmuş, onları izliyordum. Çok keskin yüz hatları olan, parlak yüzlü, esmer, suskun ve orta yaşlı bir adamdı bu. Siyah takım elbise üzerine yine siyah yağmurluk giymişti, elindeyse ağır mı ağır görünen siyah bir fotoğraf makinesi vardı. Yağmurluğunun yakası, deri ayakkabılarının kenarları ve fotoğraf makinesinin yüzeyi çok kullanılmaktan aşınmış ve yer yer beyazlamıştı. Onu makarna yemeye davet ettim, o da benim fotoğrafımı çekti. Yazışma adreslerimizi ve e-posta adreslerimizi almıştık birbirimizden ama ayrıldıktan sonra tamamen unutmuşum onu. Bu yılın başında hiç beklenmedik bir e-posta aldım ondan, son otuz yılda Çin'de olan büyük değişimleri konu alan bir yazı yazmak isteyip istemeyeceğimi soruyordu yayınevi için, konu çok genişti, böyle bir işe kalkışamayacağımı düşündüğümden kibarca reddettim teklifini. Ama hemen ardından bir e-posta daha attı beni ikna etmek için, "Nasıl yazmak istiyorsanız öyle yazın, ne yazmak istiyorsanız onu yazın," diyordu e-postanın sonunda, onu reddetmek için hiçbir neden kalmamıştı artık. Elime kalemi alınca anladım ama, "Nasıl yazmak istiyorsam öyle yazamayacağım"la "Ne

1. Seagull Books, 1982 yılında, Kalküta'da Naveen Kishore tarafından kurulmuştur. Kitabın İngilizce çevirisini de bu yayınevi basmaktadır. (Ç.N.)

yazmak istiyorsam onu yazamayacağımı" anladım. Bana verdiği başlık elimi ayağımı sımsıkı bağlamıştı bile, kalemi elime alana kadar bunu da bilmiyordum. O yıl çektiği siyah beyaz ve biraz havalı çıkmış olan fotoğrafımı da eklemişti e-postaya. Benimki gibi bir yüzü bile böyle havalı çekebildiğine göre işinin ehli bir fotoğrafçı olmalıydı.

1

Benden istenilene göre 1979'dan sonra olanları yazmam gerekiyordu; ama düşüncelerim her zaman olduğu gibi yine sınırları aşıp 1969 yılında pırıl pırıl parlayan bir güneşin olduğu, altın krizantemlerin açtığı ve yaban kazlarının güneye göç ettiği bir sonbahar öğleden sonrasına götürdü beni. Bu noktada anılarımla yekvücut oldum. Anılarım da o zamanki "ben"e, okuldan daha yeni atılmış olan yalnız bir çocuğa ait; okul bahçesindeki şamatanın çekiciliğine kapılıp kimsenin olmadığı giriş kapısından çekine çekine giriyorum içeri, uzun mu uzun ve karanlık bir koridordan geçip okulun kalbine giriyorum: Dört yanı binalarla çevrili bir avlu bu. Avlunun solunda meşe ağacından bir direk dikiliyor, direğin üzerinde telle tutturulmuş olan bir bağlama çubuğu var, çubuktan da paslanmış bir çan sarkıyor. Avlunun sağındaysa tuğladan ayaklar üzerinde duran, betondan yapılmış basit bir tenis masası var, kalabalığın etrafına toplandığı iki kişi de masa tenisi oynuyor. İşte o şamata buradan çıkıyor. Okulların sonbahar tatiline girdiği bir zamandayız, masanın etrafını sarıp maçı izleyenlerin çoğu öğretmen, aralarında birkaç tane de güzel kız var. Okulun masa tenisi takımı için özel olarak seçtiği kızlar bunlar, Milli

Bayram'da[1] ilçede düzenlenecek olan turnuvaya hazırlanmak için eve dönmek yerine okulda kalıp antrenman yapıyorlar. Devlet çiftliği kadrolarının çocukları bunlar, iyi beslendiklerinden iyi gelişmiş çocuklardı hepsi, bembeyaz tenleriyle ailelerinin zenginliğine zenginlik katıyorlardı, parlak renkli giysilerini görür görmez daha ilk bakışta bizim gibi fakir çocuklarla aynı sınıftan olmadıklarını anlıyordunuz. Bizler onların gözlerinin içine bakıyoruz ama onlar bizi görmüyor bile. Masa tenisi oynayanlardan biri, bir zamanlar benim matematik öğretmenim olan, Liu Tianguang adında bir adam. Kısa boylu ve ağzı şaşırtıcı büyüklükte biri bu. Denildiğine göre yumruğunu ağzına sokabiliyormuş ama bu benzersiz gösteriyi bizim yanımızda yapmadı hiç. Kürsüde ders anlatırken o kocaman ağzını sonuna kadar açıp esnemesi geliyor aklıma sık sık, gerçekten de görülmeye değer, olağanüstü bir sahne. Takma adı "Suaygırı" ama hiçbirimiz şimdiye kadar suaygırı görmediğimizden "Karakurbağası" diyoruz ona, karakurbağasının da ağzı kocaman ya, hem Çincede suaygırı-*hema* ve kara kurbağası-*hama* neredeyse sesteş sözcükler, haliyle Suaygırı Liu da, Karakurbağası Liu'ya dönüştü böylece. Bu benim buluşum değil ama gel zaman git zaman benim ağzıma da yapıştı işte. Karakurbağası Liu bir şehit çocuğu, aynı zamanda okulun devrim komitesinin başkan yardımcısı, ona böyle seslenmek de doğal olarak büyük bir suç sayılıyor. Okuldan atılıp kapı dışarı konulmam hem mantıklı hem de kaçınılmaz bir şeydi yani.

Küçüklüğümden beri pısırık, talihsiz ve kendi başına bela açmada çok başarılı bir çocuk oldum hep. Ne zaman öğretmenlerin kıçını yalayacak olsam her zaman onlara

1. Çin Halk Cumhuriyeti'nin 1 Ekim 1949'da kurulmasının kutlandığı bayram. (Ç.N.)

bir kötülük yapacağımı düşündüler. Annemin kaç kez uzun uzun iç geçirip bana şöyle dediğini sayamam bile: "Ah oğlum, müjde veren bir baykuş da olsan adın çıkmış dokuza inmez sekize senin!" Evet, gerçekten de doğru söylüyordu annem, iyi bir şeyle benim adımı yan yana getiremiyordu hiç kimse ama ne zaman kötü bir şey olsa herkes beni suçluyordu. İnsanlar benim asi olduğumu, fikirlerimin kalitesiz olduğunu, hem okuldan hem de öğretmenlerimden nefret ettiğimi söyleyip duruyorlardı ama yüzde yüz bir yanlış anlaşılmaydı bu. İşin aslı, okulu seviyordum ben ve Koca Ağızlı Liu Öğretmen'e karşı da daha derin bir sevgi besliyordum. Çünkü ben de koca ağızlı bir çocuktum sonuçta. "Koca Ağızlı" adlı öykümde yazdığım erkek çocuğu benim aslında. Koca Ağızlı Liu'yla aynı dertten mustarip kardeşlerdik yani. Birbirimizi anlayışla karşılamalı ve karşılıklı empati kurmalıydık. Eğer birine isim takacak olsam isim takacağım kişi o olmazdı asla. Gün gibi ortada olan bu gerçeği herkes görebilirdi ama nedense o göremiyordu bir türlü işte. Beni saçımdan tuttuğu gibi odasına çekiştirdi, hemen ardından bir tekmeyle yere serdikten sonra söylediği ilk şey şu oldu:

"Sen... sen... domuzun karalığıyla dalga geçen bir kargasın! Şöyle bir işe de gör bakalım o kiraz tanesi gibi küçük ağzını kendi çişinin aynasında!"

Durumu ona izah etmeye çalıştım ama beni dinlemedi bile ve böylece Koca Ağızlı Liu Öğretmen'e karşı derin bir sevgi besleyen iyi çocuk –Koca Ağızlı Mo– okuldan atılıverdi. Okuldan utanç verici bir şekilde atılmama ve Liu Öğretmen'in bunu bütün okul personeli ve öğrencilerin gözü önünde açıklamasına rağmen yine de okulumu çok seviyordum, her gün o yırtık pırtık okul çantamı sırtıma attığım gibi gizlice okula girmek için fırsat kollamaya başladım. Başta Liu Öğretmen'in bizzat kendisi gelerek ayrılmamı istedi okuldan, bu teklifi reddedince ya kulağımdan tutarak ya da saçımdan çekerek beni okulun dışına sürükledi ama daha o odasına bile dönemeden yine içeri sızıyordum. Daha sonra benden büyük öğrencileri görevlendirdi beni okuldan uzak tutmak için, ben kalmakta diretince de bacaklarımdan ve kollarımdan tuttukları gibi havaya kaldırıp sokağa fırlatıyorlardı beni. Ama daha onlar sınıfa dönüp yerlerine oturmadan avluda bitiyordum yine. Duvarın bir köşesine sokulup iyice büzülüyor, kimsenin dikkatini çekmemek ve kalabalığın sempatisini kazanmak için küçülttükçe küçültüyordum bedenimi. Avlunun bir köşesinden diğerlerinin neşeli kahkahalarını dinliyor, hoplayıp zıplamalarını izliyordum. En çok sevdiğim şeyse masa tenisi maçlarını izlemekti, kendimi maça öyle bir kaptırırdım ki neredeyse nerede olduğumu unuturdum, sık sık gözlerim dolardı ve arada kendi yumruğumu dişlerdim. Daha sonraları beni okuldan uzaklaştırmaktan vazgeçtiler haliyle.

Şimdi, kırk yıl öncesinin o sonbahar öğleden sonrasında, duvarın kenarına çömelmiş Karakurbağası Liu Öğretmen'in kendi yaptığı, standart masa tenisi raketlerinden daha büyük olan ve orduda kullandıkları kürekleri andıran o raketi sallamasını izliyorum; bir zamanlar sınıf arkadaşım olan, Lu Wenli adında bir kızla maç yapıyor. Aslına bakarsanız Lu Wenli'nin de kocaman bir ağzı var ama onun o koca ağzı, yüzüyle uyum içinde, benimki ve Liu Öğretmen'inki gibi abartılı durmuyor. Koca bir ağzın güzellikten sayılmadığı o yıllarda bile okuldaki en güzel kızlardan biri sayılırdı o. Üstelik babası da devlet çiftliğinde şofördü, Sovyet yapımı bir GAZ 51 kullanırdı, şimşek hızında ve çok görkemli bir kamyondu bu. Kamyon şoförlüğü o yıllarda çok asil bir meslek sayılıyordu.

Sınıf öğretmenimiz "İdealim" başlıklı bir kompozisyon yazmamızı istediğinde sınıftaki erkek öğrencilerin yarıdan fazlası kamyon şoförü olmak istediklerini yazdı. Sınıfın en uzun boylusu, en iriyarısı, yüzünde akneleri ve bıyıkları olan He Zhiwu adında bir öğrenci –bu özellikleri onu yirmi beşinde gösteriyordu– kompozisyonunda sadece şöyle yazmıştı: "Benim başka bir idealim yok –sadece bir tek idealim var– benim idealim Lu Wenli'nin babası olmak."

Zhang Öğretmen'in en iyi ve en kötü kompozisyonları sınıfın önünde okumak gibi bir alışkanlığı vardı. Kompozisyonları okumadan önce kimin yazdığını söylemez, yazan kişiyi bizim tahmin etmemizi isterdi. O zamanlar kırsal kesimde Mandarin Çincesi konuşan oldu mu yerli halk hemen dalga geçerdi onunla, hiç istisnasız, okullar için de geçerliydi bu kural. Bizim Zhang Öğretmen okulda Mandarin Çincesiyle ders anlatmaya cesareti olan tek öğretmendi. Eğitim fakültesi mezunuydu ve yirmilerinin başındaydı daha. Uzun, ince ve solgun bir yüzü vardı, saçlarını yandan ayırır, yıkanmaktan yer yer beyazlamış olan mavi, gabardin bir askerî ceket giyerdi. Yakasına iki ataç tutturur, kollarına mavi kolluklar takardı. Muhtemelen başka renk ve başka modellerde giysiler de giyiyordu, dört mevsim aynı şeyi giyecek hali yoktu yani ama benim aklımda böyle yer etmiş dış görünüşü. Ne zaman onu düşünsem önce o mavi kolluklarıyla yakasına iliştirdiği ataçlar gelir aklıma, sonra ceketin kendisi, onun ardından da yüzü gelir ancak, yüzünün şekli, sesi ve ifadesi. Eğer bu sırayı takip etmezsem sonsuza kadar uğraşsam da bir türlü birleştiremem onun görüntüsünü kafamda. O zamanın Zhang Öğretmen'i, seksenlerde dedikleri gibi söylersem "kaymak gibi çocuk"tu, doksanlarda "güzel çocuk"a dönüştü bu, şimdilerdeyse "yakışıklı" oldu galiba? Belki yakışıklı oğlanları tasvir etmek için daha popüler sözcükler vardır bugünlerde ama bundan emin olmak için yan komşunun genç kızına danışmam gerek.

He Zhiwu, Zhang Öğretmen'den daha büyük görünüyordu. Onun Zhang Öğretmen'in babası gibi göründüğünü söylemek biraz abartılı olacak sanırım; ama amcası olabileceğini söylersem sanırım kimse itiraz etmez buna. Zhang Öğretmen'in onun kompozisyonunu sınıfın önünde nasıl da abartılı ve nasıl da alaycı bir ses tonuyla okuduğunu çok iyi hatırlıyorum: "Benim başka bir idealim yok –sadece bir tek idealim var– benim idealim Lu Wenli'nin babası olmak."

Kısa bir sessizlikten sonra bütün sınıf kahkahalara boğuldu tabii. He Zhiwu'nun kompozisyonu sadece üç cümlecikten oluşuyordu. Kâğıdın bir ucundan tutup sallamaya başladı Zhang Öğretmen, sanki öyle yapınca kompozisyon uzayacakmış gibi.

"Dâhice, gerçekten de dâhice!" dedi, "Acaba bunu hangi dehanın yazdığını tahmin edebilecek misiniz bakalım?" Kimse bir tahminde bulunamıyordu, sağa sola, öne ve arkaya bakındık bir süre bu dâhi yazarı bulmak için. Herkesin bakışı He Zhiwu'nun yüzüne odaklandı sonra. Sınıfın en uzun ve en güçlü öğrencisi olduğundan sık sık sıra arkadaşına sataşırdı, Zhang Öğretmen de bu yüzden onu en arka sırada, tek başına oturtmuştu. Bütün sınıfın bakışları üzerine çevrilince yüzü kızardı biraz ama daha dikkatli bakınca yüzünün hiç de kızarmadığını gördük. Yüzünde utangaç bir ifade varmış gibi görünüyordu, yine de daha dikkatli bakınca utanmış filan olmadığını da gördük. Hatta kendiyle gurur duyduğunu bile söyleyebilirdim çünkü yüzünde aptal, haylaz ve sinsi bir sırıtış belirmişti. Üstdudağı altdudağına nispeten kısa olduğundan üst dişleri görünüyordu, mor dişetleri, sarı dişleri ve iki ön dişinin arasında koca bir boşluk vardı. En büyük numaralarından biri bu boşluktan küçük baloncuklar çıkarmaktı, baloncuklar birer birer süzülürdü gözünün önünde baştan çıkarıcı bir havayla. Şimdi de bunu yapmaya başlamıştı. Zhang Öğretmen kompozisyon defterini frizbiymişçesine fırlatınca Du Baohua'nın sırasının üzerine düştü defter –sınıfın çalışkan kız öğrencilerinden biriydi bu– kız da defteri parmaklarının ucuyla kavrayıp tiksinen bir tavırla arkasına fırlattı hemen.

"He Zhiwu," diye seslendi Zhang Öğretmen, "anlat bakalım, niye seçtin Lu Wenli'nin babası olmayı?" He Zhiwu baloncuk çıkarmaya devam ediyordu. "Ayağa kalk!" diye bağırdı Zhang Öğretmen. He Zhiwu ayağa kalktı yüzünde kibirli ve umursamaz bir tavırla. "Anlat bakalım! Neden Lu Wenli'nin babası olmak istiyorsun?" Sınıfta bir kahkaha tufanı daha koptu. Kahkaha tufanı devam ederken sıra arkadaşım Lu Wenli yüzünü sıraya gömüp hüngür hüngür ağlamaya başladı. Onun neden ağlamaya başladığını bugün dahi bilmiyorum. He Zhiwu, öğretmenin sorusuna hâlâ cevap vermemişti ve yüzünde daha da kibirli bir ifade belirmişti şimdi. Lu Wenli'nin ağlaması kolay çözülebilecek bir olayı iyice karmaşıklaştırmıştı, He Zhiwu'nun tavrı da Zhang Öğretmen'in mesleki onuruna yapılmış bir meydan okumaydı artık. Eğer olayın bu noktaya varacağını bilse, Zhang Öğretmen, He Zhiwu'nun kompozisyonunun bütün sınıfın önünde okumazdı diye tahmin ediyorum ama ok yaydan çıkmıştı bir kere ve bunu kabullenmek dışında yapabileceği hiçbir şey yoktu o an.

"Defol git sınıfımdan!" diye kükredi Zhang Öğretmen.

Bizim dâhi sınıf arkadaşımız He Zhiwu, öğretmenimizden daha uzun boylu olan He Zhiwu, okul çantasını kucaklayıp yere uzandı, sonra dertop olup iki sıra uzanan sıraların arasındaki o bir metrelik boşlukta yuvarlanarak sınıftan çıkmaya başladı.[1] Kahkahalarımız boğazı-

1. Defolmak, Çincede yuvarlanmak sözcüğüyle ifade edilir. Yaylanmak gibi. (Ç.N.)

mızdan çıktığı gibi sönüverdi çünkü sınıfın atmosferi bir anda öyle ciddi bir havaya bürünmüştü ki kahkaha atmak yakışık almazdı hiç. Sınıftaki ciddi atmosferin nedeni Zhang Öğretmen'in o solgun yüzündeki öfkeyle Lu Wenli'nin kesik kesik çıkan hıçkırıklarıydı. He Zhiwu düzgün yuvarlanamıyordu, yuvarlanırken yönünü tayin edemediğinden dolayı masaların ve sıraların ayaklarına çarpıyordu çünkü. Bir yere çarptıktan sonra tayin edebiliyordu yönünü ancak. Bizim sınıfın zemini tuğla döşeme olmasına rağmen ayaklarımızla getirdiğimiz çamur yüzünden engebeli bir yola dönüşmüştü. Kendinizi He Zhiwu'nun yerine koyarsanız yerde yuvarlanmanın ne kadar rahatsız olduğunu anlarsınız. Ama o sırada kimse Zhang Öğretmen kadar rahatsız olamazdı. He Zhiwu'nunki fiziksel bir rahatsızlıktı ama Zhang Öğretmen'inki tamamen ruhsaldı. Kendine zarar vererek bir başkasını cezalandırmak sadece serserilerin yapabileceği bir davranıştır, kahramanlar böyle bir şey yapmaz. Bence böyle bir şeyi yapabilen insanlar öyle sıradan küçük haydutlar da değildir hani! Büyük haydutların yaptıklarının üçte biri kahramanlık içerir, kahramanların yaptıklarının üçte biri de haydutluk. He Zhiwu, büyük bir haydut mu yoksa büyük bir kahraman mı? Tamam, bu konuda ben de çok net değilim ama size şunu söyleyebilirim, He Zhiwu bu anlatıda başkarakterlerden biri ve onun ne olduğuna siz okurlar kendiniz karar verebilirsiniz daha sonra.

İşte böyle yuvarlana yuvarlana çıktı sınıftan. Ayağa kalktığında üzeri çamur olmuştu hep, ardına bile bakmadan yürüdü gitti. "Dur!" diye bağırdı ardından Zhang Öğretmen. Ama o yürümeye devam etti. Dışarıda günlük güneşlik bir hava vardı, bizim sınıfın önündeki kavak ağacında iki saksağan ötüyordu. He Zhiwu'nun üzerine vuran altın sarısı ışıkları görünce, başkaları ne düşüyordu hiç bilmiyorum ama işte tam da o an için bir kahraman oluvermişti gözümde. Yırttığı sayfanın parçaları elinden konfeti gibi süzüldükten sonra tozlu yola düştü. Başkasını bilmem, fakat ben öyle heyecanlanmıştım ki kalbim yerinden fırlayacak gibi çarpmaya başlamıştı. Ders kitaplarını yırtıyordu. Defterlerini parçalıyordu! Okulla yollarını tamamen ayırmıştı artık. Okulu aklının en gerisine itmiş, öğretmeni ayakları altına almıştı. Kafesinden çıkmış bir kuşu andırıyordu. Özgürdü artık. Okul disiplini ve kurallarını iplemiyordu hiç. Peki ya biz? Öğretmenlerin kısıtlamalarına katlanmak zorundaydık hâlâ. Olayı karmaşıklaştıran şey He Zhiwu'nun sınıftan yuvarlanarak çıktıktan sonra defter ve kitaplarını yırtıp okulla arasındaki bağları tamamen koparmasıydı, işte o zaman kalp gözüm açılmış ve hayranlıkla izlemeye başlamıştım onu, bir gün böyle bir şey yapmanın hayaline kapılmıştım hemen. Ama çok geçmeden Koca Ağızlı Liu tarafından okuldan atıldığımda öyle üzüldüm, içim öyle ağırlaştı, okula olan bağım öyle güçlüydü ki endişeden öleceğimi sandım. Kimin kahraman kimin korkak olduğu, kuşku götürmez bir şekilde, bunu okuyan herkesin gözü önünde şimdi.

He Zhiwu gittikten çok sonra bile hâlâ ağlıyordu Lu Wenli. Zhang Öğretmen bariz bir sabırsızlıkla şöyle kükredi: "Yeter ama artık! He Zhiwu'nun kastettiği şey senin baban gibi bir kamyon şoförü olma istediğiydi, senin baban olmak istemiyordu ki! Ayrıca hem gerçekten senin baban olmak istemişse de senin baban olacak hali yoktu ya?" Zhang Öğretmen bunları söyledikten sonra Lu Wenli başını sıradan kaldırdı, çiçek işlemeli bir mendille gözyaşlarını kuruladıktan sonra ağlamayı kesti. Kocaman gözleri vardı, iki gözünün arası da iyice ayrıktı, size doğru baktığında aptalca bir ifade olurdu yüzünde bu yüzden.

Lu Wenli'nin babası nasıl olmuştu da bizim idealimize dönüşmüştü peki? Nedeni hızdı. Erkek çocukları hıza tapar çünkü. Evde yemek yerken filan kamyonun motor sesini duyduk mu elimizdeki kâseyi bir kenara fırlatıp *hutong*'un[1] ağzına koşardık hemen, Lu Wenli'nin babasının sürdüğü çimen yeşili GAZ 51'in köyün doğusuna ya da batısına son sürat gidişini izlemek için. Tam o sırada toz toprağın içinde yiyecek bir şeyler bulabilmek için eşinen tavukları korkudan resmen havaya uçururdu, sokakta aylak aylak gezinen köpekler de sıçradıkları gibi sokağın yanındaki hendeklerde alırlardı soluğu. Tek bir cümleyle özetlemek gerekirse kamyon geldiğinde tam bir kargaşa[2] yaşanırdı. Hayvancıkların birkaçı kaçınılmaz bir şekilde ezilse de hiçbir zaman yavaşlamadı Lu Wenli'nin babasının kamyonu. Tavuk ve köpek sahipleri hayvan ölülerini yerden kaldırarak ya da sürükleyerek sessizce evlerine geri dönerlerdi, kimse sesini çıkarmazdı buna, gidip de Lu Wenli'nin babasına çatmazlardı bile. İşte bu kadar hızlıydı kamyon, hızlı olmasaydı kamyon da sayılmazdı zaten. Tavuk ve köpekler kamyondan kaçacaktı tabii, bir kamyonun tavuk ve köpekten kaçtığı nerede görülmüş? Söylentiye göre Kore Savaşı'ndan kalma bir Sovyet GAZ 51 kamyonuydu bu ve kaportasında Amerikan savaş uçaklarının bombardımanından kalma delikler vardı. Başka bir deyişle müthiş bir tarihî kahramanlık göstermişti bu kamyon, savaşın alevlerinin dört bir yanı sardığı bir dönemde, kurşun yağmuru altında, cesaretle öne doğru atılmıştı ve şimdi, barış zamanında, sokakların

1. Eski Pekin evlerinin arasındaki sokaklara verilen isim. *Hutong*, Moğolca *hottog*'dan türemiştir, anlamı ise su kuyusudur. "Nerede bir kaynak ya da su kuyusu varsa orada yerleşim vardır," anlamına da gelir. (Ç.N.)

2. Çincede "Tavukların uçup köpeklerin zıplaması" diye, kargaşa, kaos anlamına gelen bir deyim vardır. (Ç.N)

tozunu dumana katarak son sürat devam ediyordu yoluna. Kamyon önümüzden geçerken Lu Wenli'nin babasının yüzünde havalı bir ifadenin olduğunu görürdük kamyonun penceresinden. Bazen koyu renkli güneş gözlüğü takar bazen de takmazdı; bazen beyaz eldivenleri olur bazen de olmazdı. Onun en çok eldiven giyip güneş gözlüğü takan halini beğenirdim. Çünkü bir film görmüştük, filmde bizim ordudan keşfe çıkmış bir kahraman, beyaz eldivenler giyip güneş gözlüğü takarak düşman ordusundan yüksek bir subay gibi kılık değiştirip düşmanın havan toplarının konuşlandığı yeri denetliyordu. Beyaz eldivenli elini havan toplarından birinin namlusunun içine sokup çıkardıktan sonra ise bulanmış parmaklarını gösterip şöyle soruyordu çok askerî bir jargonla: "Askerî ekipmana böyle mi bakıyorsunuz siz?" Düşmanın Amerikan yapımı üniforması gerçekten de çok güzeldi, bu üniformayı giyip beyaz eldiven ve siyah güneş gözlüğü takan bizim kahraman, kahramanlık ruhunun vücuda gelmiş hali gibi duruyordu, harbiden çok havalıydı. Bu filmi gördükten sonra uzun süre o taklit kahramanı taklit etmeye başladık, onun gibi davranıp onun gibi konuşur olmuştuk: "Askerî ekipmana böyle mi bakıyorsunuz siz?" Ama beyaz eldivenlerimiz olmadan bir anlamı da kalmıyordu bu performansın. O kar beyazı eldivenin, Amerikan askerî üniformasının, koyu renkli güneş gözlüğünün ve belinde asılı olan revolverin hayalini kurar olmuştuk ama bu şeyler öyle ulaşılmazdı ki rüyamızda bile göremezdik. Sınıfımızdaki bütün erkek ve bazı kız öğrenciler tapardı He Zhiwu'ya, sadece okuldan ayrılırken gösterdiği o büyüleyici tavırdan değildi bu, aynı zamanda okuldan ayrılmasının üzerinden çok geçmeden okulun bütün öğretmen ve öğrencilerinin önünde sahneye koyduğu o çok şık ve bir o kadar da aşkın olan performansından ötürüydü de.

Haziran'ın biriydi o gün –Çocuk Bayramı– okulun bütün öğretmen ve öğrencileri okulun giriş kapısının önündeki oyun alanında bayrak töreni için toplanmıştı. Okulumuz ücra bir köyde olmasına rağmen devlet çiftliğine çok yakındı, devlet çiftliğinde sağcı olarak adlandırılan bir grup yetenekli adamdan spor konusunda zengin deneyimi olan birkaçı okulumuzda vekil öğretmenlik yapıyordu. Onlar tarafından turnuvaya hazırlanan Lu Wenli, Gaomi Masa Tenisi Turnuvası'nda birinci oldu, Hu Dehun da yine onlar sayesinde Changwei Küçükler Sırıkla Atlama Yarışması'nda şampiyon oldu. Yine onlar sayesinde okulumuzda düzgün bir askerî bando bile oluşturuldu. Bir bas davulumuz, on trampetimiz, iki gongumuz, on kornetimiz, on trombonumuz ve on tane de koca ağızları göğe bakan, ışıl ışıl parlayan omuzdan asmalı trompetimiz vardı. Köylüler zil ve davula alışık insanlardı, bir davul sesi, bir gonk çalışı ve bir zil vuruşu; dong dong klang, dong dong klang, dong klang dong klang dong dong klang. Monoton, tatsız tuzsuz ve tamamen yerli malı bir kuru gürültü. Ama okulun oyun alanında sahneye çıktığımız ilk gün bando takımımızın tarzı, zarafeti, neşeli heyecanı ve çaldığımız ritim ve melodinin o yüksek ruhu köylülerin ufkunu açıp kulaklarını doldurdu bir güzel, daha önce hiçbiri böyle bir tören görmüş müydü acaba? Var mıydı acaba daha önce böyle bir müzik ziyafeti çeken!

Okul yönetimi bandodaki herkese özel olarak kostüm diktirtmişti, erkekler için mavi şortla beyaz gömlek, kızlara beyaz gömlekle mavi etek, ayaklarımızdaysa dize kadar gelen beyaz çoraplarla doğal renginde olan deri ayakkabılar vardı, yanaklarımız kırmızıya boyanmış, kaşlarımız karakalemle koyulaştırılmış, kızların saç örgüleri kırmızı ipek kurdelelerle bağlanmıştı, erkeklerin boyunlarında da kırmızı birer papyon, işte bu halimizle gerçekten de öyle güzeldik ki! Üstelik hepimiz kar beyazı eldivenler giyiyorduk! Bu enstrüman ve kostümleri karşılayabilmek için çok para harcamış olmalıydılar, bizim okuldaki sıraları, masaları, tabureleri, hatta o demir çanı bile satsalar alamazlardı bunları ama Jiao Nehri Devlet Çiftliği için tavukta bir tutam tüy gibi bir şeydi bu, dokuz öküzde bir tutam kıl da diyebilirdim ama çok abartılı kaçardı şimdi bu. Jiao Nehri Devlet Çiftliği'ni ve çiftlikte zevkusefa içinde yaşayan neşeli sağcıları romanlarımda fazlasıyla anlattım. "Otuz Yıl Önceki Uzun Mesafe Koşusu" adlı uzun öykümü yazma amacım onları anlatmaktı aslında, ilgilenen okuyucular daha sonra göz atabilirler ona. Ama bir kurgu ürünü o, içindeki bir sürü şeyi ben uydurdum, şimdiyse anılarımı yazıyorum, eğer burada yazdıklarımla tarihsel gerçeklikler arasında bir uyumsuzluk varsa aradan uzun yıllar geçtiğinin ve bu arada hafızamda boşlukların oluştuğunun bilinmesini isterim.

Jiao Nehri Devlet Çiftliği halkın malıydı, yani herkese aitti ve günümüzde de varlığını sürdüren Xinjiang[1] Üretim ve İnşaat Kolordusu'nun kollarından biriydi aslında. Çiftliğin asil üyelerinin çoğu gazilerden oluşuyordu, sonradan Qingdao'dan gelen "eğitilmiş gençler"in[2] katılımıyla sayıları arttı bu üyelerin. Altmışlı yılların başında bizim geri kalmış köyümüz hâlâ kağnı ve ahşap pulluklar kullanırken devlet çiftliğinin Sovyet yapımı kırmızı bir "biçerdöver"i vardı, bu makine çiftliğin uçsuz bucaksız tarlalarında ilk kez göründüğünde, dede ve ninelerimizin 1904 yılında Qingdao-Jinan Demiryolu hattında çalışan,

1. Uygur Özerk Bölgesi. (Ç.N.)

2. 1950'lerin başından Kültür Devrimi'nin sonlarına kadar kentlerden kendi arzularıyla ya da zorla kırsal alanlara gönderilen ve orada çalışıp yaşamaya başlamış gençler. (Ç.N.)

kara dumanlar püskürterek bizim köyden geçen, Alman yapımı treni gördükleri zamanki gibi büyük bir şaşkınlık yaşamıştık. Böylesine büyük bir işletme için yakınındaki bir ilkokulun bandosuna enstrüman sağlayıp kostüm diktirmek Zhang Fei'ye[1] bir tabak fasulye filizi vermek gibi önemsenmeyecek bir şeydi. Lafı uzatıp abuk sabuk konuştuğum için bağışlayın beni lütfen, karman çorman olmuş öyle çok anı var ki kafamda, ben yazmak istemesem de bir yolunu bulup kendiliğinden çıkıveriyorlar ortaya işte.

Peki, Jiao Nehri Devlet Çiftliği gibi büyük bir işletme neden bizimki gibi küçük bir köy ilkokulunun bandosuna maddi destek vermek istemiş olabilirdi ki? Cevabı çok basit: Çoğunun çocuğu bizim okulda okuyordu çünkü. Sağcıları okula vekil öğretmen olarak göndermelerinin nedenini de aynıydı. Bizim okulun yerel öğretmeni sayılan Zhang Öğretmen daha önce de söylediğim gibi eğitim fakültesi mezunuydu, Koca Ağızlı Liu ise ortaokul mezunu. Çiftliğin gönderdiği sağcıların hepsi de yüksek eğitim almış entelektüellerdi. Buraya kadar anlattıklarımdan sonra bizim okulun Shandong Yarımadası'nın en iyi ilkokulu olduğunu anlamış olduğunuza inanıyorum. İlkokul beşteyken okuldan atılmıştım ama daha sonra orduya katıldığımda oradaki lise mezunu olan silah arkadaşlarımdan daha iyi bir eğitim almış olduğumun farkına vardım. Eğer o okuldan mezun olsaydım, 1977 yılında üniversite sınavları yeniden yapılmaya başlayınca ilköğretim mezunları için açılmış olan sınava girip Pekin ya da Qinghua üniversitelerini[2] kazanabilirdim muhtemelen.

1. 167-221 yılları arasında yaşamış ünlü bir general. "Devede kulak" anlamına gelen bir deyim. (Ç.N.)

2. İkisi de Pekin'de olan saygın üniversiteler. (Ç.N.)

Bandomuz "Kızıl Doğu"nun melodisini çalıyordu, başlarımız yukarıda, beş yıldızlı kızıl bayrağın yavaş yavaş göndere çekilmesini izlerken He Zhiwu üzerinde yıkanmaktan iyice beyazlamış eski bir askerî üniforma, başında yeni sayılabilecek askerî bir kep, ellerinde bir çift beyaz eldiven, gözünde güneş gözlüğü ve bir elinde kendi yaptığı bir at kırbacıyla oyun alanının en göze çarpan noktasında belirdi birden. Bayrak töreninde ulusal marşımız yerine neden "Kızıl Doğu"yu çalıyorduk ki durduk yere? Çünkü ulusal marşımızın hem bestecisi hem de söz yazarı olan o iki adam da politik kampanyaların hedefi haline gelmişti o sıra. Peki, He Zhiwu nasıl oluyor da böyle bir üniformaya sahip olabiliyordu? O zaman hiçbirimiz bilmiyorduk bunun nedenini. Aradan uzun yıllar geçtikten sonra bir gün Qingdao'da onunla karşılaşınca sordum bu meseleyi, o da yarı şaka yarı ciddi bir tavırla gülümseyip şöyle dedi: "Lu Wenli'nin babasından ödünç aldım!" Her ne kadar filmde gördüğümüz o korkusuz kahraman kadar havalı olmasa da onu görür görmez yıldırım çarpmışa dönmüştük. Ölçülü adımlarla, başı dik, göğsü çıkık bir şekilde ve hiç korkmadan öğrencilerle okul yönetimi arasındaki boşlukta yürüyordu. Bir yandan yürüyor, bir yandan da elindeki kırbacı bize doğru sallayıp o meşhur kahramanın sesini taklit ederek şöyle diyordu: "Askerî ekipmana böyle mi bakıyorsunuz siz?"

Okul yönetimindekiler ağızları şaşkınlıktan açılmış bir halde ve gözlerini koca koca açarak, He Zhiwu'nun muzafferane bir tavırla önlerinden geçişlerini izlediler bir süre, hemen ardından da geri dönüşünü. He Zhiwu ıslak çalarak oyun alanının hemen yanındaki bir *hutong*'un içine girdi sonra. Bakışlarımız gölgesinin peşi sıra yürüdü bir süre, önce nehrin setine çıkmasını izledik, hemen ardından setten aşağıya inişini ve en sonunda da yavaş yavaş nehrin içine girmesini. Nehrin içinde doğal olarak su vardı tabii, suyun yanına gittiğine göre üzerindekileri çıkarıp yıkanabileceğini düşündük. Belki de sudaki yansımasını izliyordu sadece. Bu olaydan sonra okulun düzenlemiş olduğu hiçbir etkinliğin tadı tuzu kalmamıştı tabii, ister bir yükselip bir alçalan ritmi ve vokal çeşitliliğiyle şiir okunsun, isterse de gözlerimizin önünde canlı şaklabanlık numaraları yapılsın; aklımızı nehrin oradan alamıyorduk bir türlü. Koca Ağızlı Liu öfkeden köpürdü sonunda: "Gidip ona bir çekidüzen vermenin sırasıdır artık!"

Ama Liu Öğretmen'in ona nasıl çekidüzen verdiğini hiç öğrenemedik. He Zhiwu'nun babası yıllarca toprak ağaları için çalışmış olan kiralık bir çiftçiydi, annesi de köydeki en yaşlı Komünist Parti üyesi, çopur yüzlü, koca ayaklı ve huysuz bir kadındı, evlerinin önündeki değirmentaşının üzerine çıkıp durduk yere küfreder dururdu. Küfrederken sağ elini beline koyar, sol elini de havaya kaldırırdı, bu haliyle eski moda bir çaydanlığa benzerdi. He Zhiwu evin en büyük çocuğuydu, üç erkek, iki de kız kardeşi vardı. Üç odalı köhne evlerinin *kang*'ının[1] hasırı bile yoktu. İşte böyle bir kökeni olan He Zhiwu'yla bırakın Koca Ağızlı Liu'yu, Başkan Mao'nun kendisi gelse bile başa çıkamazdı.

1973 yılının sonbaharında Pamuk İşleme Tesisi'nin muhasebecisi olan amcamın yardımıyla bu tesiste geçici işçi olarak çalışmaya başladım. Her ne kadar geçici olarak çalışsam da her ay aylık maaşımdan yirmi dört *yuan*'ı[2] Üretim Tugayı'na verdikten sonra elimde on beş *yuan* para kalıyordu. O zamanlar domuz etinin iki yüz elli gramı yedi *fen*[3], yumurtanın tanesi altı *fen*'di, yani on beş

1. Tuğla ve pişmiş topraktan yapılan iki metre uzunluğunda, altında ısınmak için bir ocak bulunan geleneksel Çin yatağı. (Ç.N.)

2. Çin para birimi. (Ç.N.)

3. *Yuan*'ın onda biri. (Ç.N.)

yuan'a birçok şey yapabilirdiniz. Son moda giysiler giymeye ve saçımı uzatmaya başladım, hatta o kar beyazı eldivenlerden bile aldım birkaç çift, kendimi bu küçük servete kaptırmıştım anlayacağınız. Bir gün işten çıktıktan sonra He Zhiwu geldi yanıma. Ayağında başparmak uçlarının delik olduğu eski püskü bir çift ayakkabı, omuzlarındaysa katlanmış bir battaniye eskisi vardı. Saçı keçeleşmiş ve sakalına karışmış, alnında üç tane derin kırışıklık çıkmıştı. "Bana on *yuan* borç versene," dedi, "kuzeydoğuya gidiyorum."

"Ya ailen seninle birlikte geliyor mu peki?" diye sordum.

"Komünist Parti onları aç bırakmaz," dedi.

"Oraya gidip ne yapmayı düşünüyorsun?" diye sordum.

"Bilmiyorum," dedi. "Ama ölene kadar burada takılmaktan iyidir, değil mi? Bana bir baksana, göz açıp kapamadan otuzuma girdim, daha bir karım bile yok, buradan çekip gitmeliyim artık, ağaçlar yerinden olursa ölür ama insan yaşamaya devam eder." Gerçeği söylemem gerekirse onu on *yuan* borç vermek istemiyordum, on *yuan* o zamanlar hiç de küçümsenmeyecek bir meblağ idi. "Şöyle yapalım," dedi, "eğer işler yolunda giderse sana olan borcumu ödemem ama işler yolunda gitmezse kanımı satar yine de öderim sana olan borcumu." Teklifinin mantığını anlamamıştım ama bir süre eveleyip geveledikten sonra on *yuan*'ı verdim ona sonunda.

İsterseniz biraz da o öğleden sonrasına, okul duvarının bir köşesine yaslanmış, Koca Ağızlı Liu Öğretmen'le Lu Wenli'nin arasındaki masa tenisi maçını izlediğim zamana dönelim. Liu Öğretmen vasat bir oyuncuydu ama topla oynanan oyunlara, en çok da kızlarla maç yapmaya bayılırdı. Okul takımındaki kızların hiçbiri çirkin değildi fakat Lu Wenli içlerinde en güzeliydi. Bu yüzden de Liu Öğretmen en çok onunla maç yapmayı severdi. Liu Öğretmen ne zaman topa vursa o koca ağzını açardı bilinçsiz bir hareketle, sadece ağzını açsa yine iyiydi ama ne zaman ağzını açsa sanki gırtlağında birkaç tane karakurbağası varmış da birazdan dışarı fırlayacaklarmış gibi çok tuhaf sesler çıkarırdı, gagu gagu diye. Onun topa vuruşunu izlemek ve topa vururken çıkardığı o tuhaf sesleri dinlemek, kusturacak kadar midemizi kaldırırdı. Lu Wenli'nin onunla oynamayı hiç mi hiç istemediğini adım gibi biliyordum ama adam okul yönetimindeydi bir kere ve bu da kıza hiçbir şans tanımıyordu. Bu yüzden Liu Öğretmen'le oynarken yüzünde bıkkınlık ve tiksinti içiren bir ifade belirir, topa da öylesine vururdu sanki.

Bu kadar lafı boşa söylemedim elbette, birazdan sahne alacak çok dramatik bir olaya hazırlık yapmaktı amacım: Liu Öğretmen o koca ağzını bir karış açıp üst falsolu bir top gönderdi, Lu Wenli de topu gayet gelişigüzel bir hareketle karşılayınca o gümüş gibi parlayan top sanki gözleri varmışçasına ağzına girdi öğretmenin.

Maçı izleyenler bir anlık şaşkınlıktan sonra kahkahalarla gülmeye başladı, derisi zaten kırmızı olan Ma soyadlı kadın öğretmenin yüzü gülmekten horozibiği gibi kızardı. Oyun boyunca yüzü bir karış olan Lu Wenli de kıkır kıkır gülmeye başlamıştı. Sadece ben gülmüyordum, hayretler içinde kalmıştım, böyle bir tesadüf nasıl gerçekleşebilirdi ki? Bizim köyün meşhur masalcılarından Wang Gui Dede'nin anlatmış olduğu bir hikâyeyi hatırladım birden: Bahtsız bir adam olan Jiang Ziya un satarken esen kuvvetli bir rüzgâr bütün ununu alıp götürmüş sonra kömür satayım demiş ama o kış ılık geçmiş aksi gibi, başını göğe kaldırıp uzun uzun iç çekerken de kuş sıçmış ağzına. Yirmi yıl sonra, 1999'un sonbaharında, Pekin'de metroya binmiş, *Savcılık Günlüğü* adlı gazetedeki işime giderken trenin içindeki seyyar gazete satıcısının şöyle bağırdığını duydum: "Yazıyor, yazıyor, İkinci Dünya Savaşı sırasında Sovyet havan topu mermisinin Alman havan topunun namlusuna nasıl girdiğini yazıyor." Satıcının söyledikleri beni alıp Lu Wenli'nin masa tenisi topunu Liu Öğretmen'in ağzının içine sokmasına götürmüştü. Sonrasında şöyle gelişti olay: Gülmenin yakışık almayacağının farkına varılmıştı ya gülme sesleri ânında kesiliverdi. Mantıken Liu Öğretmen'in ağzındaki topu tükürüp bir-iki şaka yapması gerekirdi durumu kurtarmak için –ne de olsa her zaman çok esprili biri olmuştu– Lu Wenli de utançtan kızarmış bir yüzle ondan özür dilemeli, ardından da oyuna devam etmelilerdi. Ama hiç de sağduyulu bir şekilde gelişmedi olay, Liu Öğretmen'in topu tüküreceği yerde boynunu yukarı kaldırıp gözlerini iyice açarak topu yutmaya yeltendiğini gördüm. İki kolunu birden bir aşağı bir yukarı sallayıp tuhaf sesler çıkarmaya başladı solucan yutmaya çalışan bir tavuk gibi. Onu izleyenlerin gözleri şaşkınlıktan kocaman açıldı, sanki elleri ve ayakları bağlanmış gibi çaresizce bakakaldılar. Çok geçmeden işin ciddiyetinin farkına varan Zhang Öğretmen yerinden fırladığı gibi sırtına vurmaya başladı Liu Öğretmen'in; onun ardından Yu Öğretmen atıldı hemen, ellerini Liu Öğretmen'in boynuna dolamaya çalıştı ama ikisini de savuşturdu bizim Koca Ağızlı Liu durmadan bir aşağı bir yukarı salladığı kollarıyla. Sağcılardan, tıp fakültesi mezunu, Wang Öğretmen, bu alandaki deneyimlerine güvenerek o ikisini Liu Öğretmen'in yanından uzaklaştırıp hızla öne atıldı, maymun gibi uzun kollarını onun beline dolayıp yumruklarını karnının tam ortasına öyle güçlü bir şekilde bastırdı ki daha ilk seferinde çıkıverdi top öğretmenin ağzından, önce masanın üzere düştü top, bir-iki kez sıçradıktan sonra yere düşüp milim kıpırdamadan durdu düştüğü yerde. Wang Öğretmen kollarını gevşetir gevşetmez, tuhaf bir çığlık atan Liu Öğretmen sanki çamurdan yapılmışçasına yere devrildi. Lu Wenli raketini masanın üzerine fırlattı, elleriyle yüzünü kapadığı gibi ağlayarak koşmaya başladı. Wang Öğretmen, yerde boylu boyunca uzanan Liu Öğretmen'e masaj yaptı bir süre, sonra da etraftakilerin yardımıyla kollarından tutup ayağa kaldırdılar. Ayağa kalktıktan sonra etrafına bakındı, sonra da boğuk bir sesle şöyle bağırdı:

"Lu Wenli nerede? Nereye gitti o? O küçük cadı az kalsın öldürecekti beni!"

2

He Zhiwu'yu uğurladıktan sonra içimde bir huzursuzluk baş gösterdi. Pamuk İşleme Tesisi'nde geçici işçi olarak çalışmak köyde çiftçilik yapmaktan daha iyi olmasına rağmen hâlâ çiftçi sayılıyordum. Bu değişmediği sürüce de toplumun en alt sınıfından sayılıyordunuz. O sıralar fabrikada işe geçici olarak başlayıp daha sonra kadroya geçen onlarca genç işçi daha vardı, deri ayakkabı giyip ışıl ışıl parlayan kol saatleri takıyor, etrafta dünyayı ben yarattım havalarıyla gezip caka satıyorlardı. O zamana kadar *Üç Krallık Kızıl Konağın Düşleri* ve *Batıya Yolculuk* gibi klasik romanları çoktan okumuş, Tang ve Song hanedanlıklarından bir sürü şiiri ezberlemiştim ve yaşıma göre de kaligrafi ustası sayılırdım. Fabrikada çalışan emekli bir adam için Hangzhou'da askerlik yapan oğluna mektup yazardım sık sık. Mektupları yazarken hem klasik deyişleri hem de yerel argoyu kullanarak öyle şatafatlı şeyler yazardım ki bugün bile yanaklarım ve kulaklarım kızarır hâlâ onları düşündükçe. Yaşlı adamcağız herkesin önünde "küçük entelektüel" diye övgüler düzerdi bana, ben de yeteneklerimin küçük görüldüğünü düşünmeye başlamıştım yavaştan, bir gün dünyaca fark edileceğimin hayalini kuruyordum. Uzun vadede Pamuk İşleme Tesisi'nde kalamayacağımı biliyordum, köye geri dönmek, hızlı bir yarış atını sığır ahırına sokmak gibi geliyordu bana. O zamanlar üniversiteye sınavla girilmiyordu, fakir ve alt orta sınıf köylülerden alınmış tavsiye mektubuyla kabul ediliyordunuz sadece, teoride üniversiteye girebilmek için gerekli olan her şeye sahiptim ama pratikte imkânsız bir şeydi bu benim için. Her yıl açılan sınırlı sayıdaki kontenjan komün kadrolarının kendi çocuklarına bile yetmezken benim gibi eğitimi beşinci sınıfta kalmış, orta direk köylü sınıfına mensup, koca ağızlı, çirkin ve tuhaf bir yaratığa yer olamazdı zaten. Uzun uzun düşündüm, köyden kurtulup kaderimi değiştirmemin tek çıkar yolu belki de orduya katılmaktı. Asker olmak zor bir şeydi, yine de üniversiteye girmekten daha kolaydı sonuçta. Böylece 1973'ten başlayarak her sene başvuruda bulundum, her sene komüne gidip tıbbi muayeneden geçtim ama sonuç nafileydi hep. 1976'nın Şubat ayında, çeşitli badirelerden sonra ve birkaç önemli kişinin yardımıyla, "askerlik belgem"i aldım sonunda. Karlı bir sabah yirmi beş kilometrelik bir yürüyüşün ardından ilçeye ulaştım, üniformamı giyip askerî bir araca atladığım gibi soluğu Huang ilçesinde aldım, "Ding Ailesi Külliyesi" denilen o meşhur kışlaya girip acemilik eğitimine başladım. 1999'un sonbaharında yeniden uğradım oraya. Huang İlçesi, Longkou[1] şehrine dönüşmüştü artık, kışla da müzeye dönüştürülmüştü, o zamanlar aklımda bir toprak ağasının devasa konağı olarak yer etmiş olan kışlanın aslında sıradan, bodur bir yapı olduğunu fark ettim, bu da ufkumun ne kadar açıldığını gösteriyordu. Acemilik eğitiminden sonra üç yeni askerle birlikte "Savunma Bakanlığı İstihbarat Teşkilatı" denilen bir birime gönderildim. Köyden bir sürü tanıdık

1. (Çince) Ejderha Ağzı. (Ç.N.)

böylesine iyi bir birime düştüğüm için gıpta ediyordu bana ama oraya gidince büyük hayal kırıklığına uğradım. Sadece radyo ile gözlem yapılan bir istasyona sahip ve kapatılmak üzere olan bir birimdi bu. Rapor verdiğimiz komutan ta Pekin'de görev yaptığından gözetimimizden Huang ilçesinde konuşlanan Penglai Garnizonu'nun 34. Alay'ı sorumluydu. Sorumlu olmasına sorumluydu da bir türlü gözetmiyordu bizi, gözetmek istemediğinden filan da değildi bu, gözetemiyordu sadece. Bizim birimin kodu "263"tü, "263"ün adının anılması bile 34. Alay'ın komutanını üzüyor, tansiyonunu çıkarıyor ve politik komiserinin gözünün akının dönmesine yetiyordu. Sadece bunu bilmeniz bile ne kadar da boktan bir birime düştüğümü anlamanıza yeter de artar bile. Görev paylaşımında bana düşen nöbetçilik ve tarla işleri oldu. Bana kendimi iyi hissettiren tek şey birimin askerî kamyonuydu, Lu Wenli'nin babasının kullandığının tıpatıp aynısı bir kamyon. Aynı modelde, aynı renkte ve aynı yaşta eski bir kamyon. Kamyonun şoförü kırklı yaşlarında, kısa boylu, beyaz saçlı, ağzının yarısı takma dişle dolu Zhang adında teknisyenlik yapan bir subaydı, Zhang Usta diye seslenirdik ona. Zhang Usta, ilk karısından boşanmış, daha sonra yeniden evlenmişti, ikinci karısı, kızıyla birlikte Jinan'da yaşıyor ve orada çalışıyordu, ilk karısından olan oğluysa onunla birlikte kışlada kalıyordu. Baba oğul basketbol hayranıydılar, sık sık turnike atışı yapıp yarışırlardı, kaybeden, topu başının üzerinde tutarak orta sahadan potanın altına kadar sürünürdü. Oraya geldiğimden beri Zhang Usta kazanıyordu maçı. Ama bir yıl sonra tam tersine döndü sonuç, oğul babasını süründürüyordu sahada artık. Aklıma gelmişken bu çocuğun çok tuhaf bir adı vardı –Qinbing, Asker Çocuk– yerde sürünen babasının kalkık kıçına acımasızca vururdu elindeki sopayla, bir yandan vurur, bir yandan da şöyle bağırırdı: "Hadi, çabuk! Daha hızlı!" En sevdiği söz de şuydu: "Kenefte uzun kuyruklu bir kurtçuk gibi hareket eden soya filizine benziyorsun!"

O zamanlar hayattan öyle büyük beklentilerim filan yoktu, birim sadece bir düzine kadar askerden oluştuğundan yükselmek gibi bir şansı da yoktu insanın. Zhang Usta'nın çaylaklardan birine kamyon sürmeyi öğreteceğini duymuştum birkaç emektar askerden. Talih kuşunun benim başıma konacağının hayalini kurmaya başladım tabii hemen. Köydeyken sadece Lu Wenli'nin babasının o tozu dumana katan GAZ 51'le önümden son sürat geçişini izlemek bile mutlu ediyordu beni. O kamyona sadece bir kere yaklaşabilmiştim ve az kalsın benim şu değersiz yaşamıma mal olacaktı bu yakınlaşma – Lu Wenli'nin babası kamyonu Tedarik ve Pazarlama Kooperatifi'nin önüne park etmişti sigara almak için, fırsat bu fırsattır deyip kamyonun arka tamponuna basmış ve bagaj kapağına tutunmuştum araba sevdamı gidermek için. Lu Wenli'nin babası sigarayla geri dönünce kamyona atladığı gibi bastı gaza, yoldan kalkan tozun içinde boğulmaya başladım birden, bagaj kapağını bırakınca bir çamur parçası gibi yere serildim. Uzun süre kalkamadım yerden, ayağa kalkınca burnumun şişmiş, dudaklarımın da kanamış olduğunu fark ettim, bütün gün şaşkın şaşkın dolandım ama bunun başıma nasıl geldiğini çözemedim bir türlü. Ancak çok sonra anlayabildim başıma geleni: atalet.

Şimdiyse hemen hemen her hafta binme şansım oluyordu GAZ 51'e kışladan on kilometre uzaklıkta olan çiftliğe gitmek için. Bizim birim on altı kişiydi, ne var ki tam kırk dönümlük tarladan sorumluyduk. On altı kişiden dokuzu subaydı ve vardiyalı olarak çalışıyorlardı o gacır gucur sesler çıkaran makineyle, geriye kalan yedi kişiyse tarlada çalışıp bekçilik yapıyordu. Bunların ikisi

Tianjin'den gelen adamlardı, konuşmaya gelince sürekli atıp tutuyor ama iş çalışmaya gelince öyle tembellerdi ki hiç çalışmıyorlardı. Bu yüzden bana ve diğer dördüne kalıyordu bütün iş yükü.

Zhang Usta, deniz kenarındaki çakıllı yoldan götürürdü bizi çiftliğe. Kamyonun sürücü kabininde ya oğlu ya da subaylardan biri olurdu hep. Bizler de kamyonun arka kasasında dururduk ellerimizle kasanın kenarına sıkı sıkı tutunarak keplerimizi pantolon ceplerimize sıkıştırırdık, rüzgâr yüzlerimize vururdu, rüzgârda salınan saçlarımızla çok rahat ve çok mutlu hissederdik kendimizi. GAZ 51'in ne kadar hızlı gidebileceğini görmek için ölüp ölüp dirildiğim yılları düşündükçe o zaman iyi ki askere katılmışım, diye düşünüyordum.

Zhang Usta kamyonu çok hızlı ve vahşice kullanırdı, bu haliyle bir hayduda benzerdi. O zamanlar çok az araba vardı tabii. Koca Çin'de bir santim uzunluğunda bile bir otoban yoktu. Bu sahil yolu sahip olduğumuz en iyi yoldu, Japonlar Çin'i işgal ettiği zaman yapmışlardı bunu, iki aracın ancak sığabileceği genişlikteydi. Yolun kenarında biz geçerken toz içinde kalan bisikletliler olurdu çoğu zaman. Arkamızdan küfrü basarlardı.

Buranın halkı bizim oradakinden daha cesurdu. Lu Wenli'nin babası bizimkilerin onca tavuk ve köpeğini ezip geçmesine rağmen kimse de çıkıp bir şey dememişti adama. Ama Zhang Usta bir keresinde yaşlı bir tavuğu ezince tavuğun sahibi olan ihtiyar kadın elinde tavuk ölüsüyle kışlaya gelip komutanın odasının ağzında durmuş, bastonuyla kapıyı kırarcasına çalarak edilmedik küfür bırakmamıştı. Daha sonra bu ihtiyar kadının meşhur savaş filmi *Mayın Harbi*'ndeki kahraman milis kadın için prototip seçildiğini duydum, kadının iki oğlu vardı ve ikisi de Halk Kurtuluş Ordusu'nda yüksek rütbeli subaylardı.

"Siz de kendinize 8. Yol Ordusu mu diyorsunuz be?" diye öfkeyle çıkışmıştı kadın, "Köye girdiklerinde Japon şeytanları bile böyle şeyler yapmamıştı!" Kışla komutanları başlarını hızla eğdikleri yetmezmiş gibi bir de kadının önünde saygıyla eğilip on *yuan* ödemeye hazır olduklarını söylediler. "On *yuan* mı?" diye çıkıştı kadın, "Bu tavuk günde çift sarılı bir yumurta yumurtlardı, yılda üç yüz altmış beş çift sarılı yumurta demek bu, beş tane çift sarılı yumurta iki yüz elli gram eder, iki yüz elli gram yumurta da beş *yuan* sekiz *fen* eder, gerisini siz hesaplayın artık!" Bizim komutan ne diyeceğini bilemedi, yirmi *yuan* verip gönderdi kadını. Ama kadının çok geçmeden geri döneceğini nereden bilecektik, o kamyonun şoförünü görmek istiyorum diye dolanmaya başladı kışlanın etrafında. Ağzını büzüştürüp şöyle bağırıyordu: "Gelsin de göreyim bakayım nasıl bir adammış o kıçı kırık kamyonu avcı görmüş yaban tavşanı gibi süren!" Başka çaresi kalmayan komutan, Zhang Usta'yı çağırmamı istedi benden. Kadını gören Zhang Usta "pat" diye çakı gibi bir asker selamı çakıp hemen ardından şöyle dedi: "Yaşlı devrimci ana, size karşı bir hata işlediğimi biliyorum!"

"Hatanı kabullenmen işin başı daha," dedi kadın, "ama değişmen de lazım! Bundan sonra köye girdiğinde saatte yedi kilometreye düşüreceksin hızını, aksi takdirde yola mayın döşer, seni bir güzel kızartırım, seni piç kurusu!"

Daha sonra bizim akıllı teknisyen Zhang Usta'nın ihtiyar kadını ziyaret ettiğini, giderken de yanında kuru pasta götürüp kadından manevi annesi olmasını istediği duydum.

1979'da, ben Hebei'in Baoding şehrine transfer edilmeden iki ay önce, Zhang Usta da Jinan Askerî Komuta Bölgesi'ne lojistik asistanı olarak transfer edildi, yıllardır ayrı olduğu karısına kavuşmuş oldu böylece. Oğlu Qinbing'se sadece on beş yaşında olmasına rağmen özel olarak birliğe çağrılıp Askerî Sanat Topluluğu'nun bir üyesi oldu, dönemin meşhur oyuncularından Gao Yuanjun'un yanında Shandong'a has olan "şak şak meddahlığı"nı[1] öğrendi. Söylentiye göre ihtiyar kadının büyük oğlu bölgenin yüksek rütbeli komutanlarından biriymiş ve Zhang Usta'nın terfi almasını kadın sağlamış.

Zhang Usta bildiğiniz askerlere benzemezdi pek çok açıdan, kepini tuhaf bir açıyla takardı mesela, ceketinin düğmelerini iliklemez, hani filmlerde gördüğünüz tipik haydutlar vardır ya, işte onlar gibi kaykıla kaykıla yürürdü. İçkiyi çok sever ama az içerdi, öyle dayanıklı filan değildi alkole, iki kadehte sarhoş olur, sarhoş olduktan sonra da "Wang Kız Kardeş Kocasına Hasret" adlı şarkının melodisini şakımaya başlardı. Şehirden köye gönderilmiş genç kızlarla takılmaya bayılırdı, ne zaman şehre gitse köyün yaşı büyük genç kızlarını da atardı kamyona. İçlerinde Kumeizi[2] denilen bir tanesiyle de epey yakındı hani. Kumeizi'nin babasının domuzu bir keresinde sekiz tane yavru doğurunca şehre gidip satmak istediler onları, Zhang Usta dişi domuzu ve yavrularını bizim kamyonun kasasına atıp şehirdeki domuz pazarına götürmüştü. Zhang Usta'nın kamyonunu hastalık derecesine varan bir ilgiyle korumak gibi bir marazı vardı. Her cumartesi bakım ve onarımdan geçirirdi kamyonu. Kamyonunu avucunun içi gibi bilir, neresinin arızalı olduğunu sesinden çıkarırdı. Bizim birimin Kore Savaşı gazisi GAZ 51, Zhang Usta'nın ona gösterdiği özen olmasaydı çoktan hurdaya çıkarılmış olurdu.

1. Bambu çubuk ya da bakır zillerle ritim tutup komik hikâyeler anlatılan meddahlık türü. (Ç.N.)

2. (Çince) Acı kız kardeş. (Ç.N.)

Zhang Usta nedense severdi beni, kamyonu ne zaman garaja çekse beni de yanına çağırırdı ya kamyonu yıkamak ya da tamir etmek için. Benimle birlikte gelen çaylaklar Zhang Usta'nın beni bir gün onun yerini almam için yetiştirdiğini söylerlerdi hep, ben de öyle düşünürdüm. Onun sayesinde motorlar hakkında bir sürü şey öğrendim, bir kamyonun nasıl o kadar hızlı gidebildiğini biliyordum artık. Bir keresinde Jiao Nehri Devlet Çiftliği'nde Lu Wenli'nin babasının sürdüğü GAZ 51'den bahsettim ona. Çok şaşırmıştı buna, "Bütün Çin'de bu antikalardan hâlâ hizmet eden başka bir aracın daha olduğunu düşünmemiştim hiç, demek sizin oralarda da varmış bir tane." Hatta sonra da şöyle devam etti konuşmasına: "Bir yolunu bulup oraya gitmeli bir gün, iki GAZ 51'i buluşturmak gerek!" Bu kamyonların birer ruhu olduğuna inanıyordu, tıpkı kendi ruhlarını kendi doğuran o yaşlı ağaçlar gibi, mermi yağmurundan çıkıp şehit kanına bulanmış bu kamyonların da birer ruhu olmalıydı. Ruhu olan bu iki kamyonun karşılaşması nasıl olurdu acaba diye düşünmeden edemedim.

Zhang Usta'nın dediğine göre bu kamyonun dokuzuncu şoförüymüş kendisi. İlk şoför direksiyon başında kurban olmuş, diğer bir deyişle söylersem, kamyonun ön camı düşman kurşunu ya da şarapnel parçalarıyla darmaduman olmuş; ama vurulan kahraman şoför o kadar ağır yaralı olmasına rağmen o yangın ve dumanın içinden yine de çıkarmayı başarmış kamyonu. Zhang Usta o sekiz şoförün isimlerini ve nereli oldukları birer birer saydı bana oğluna soyağacını öğreten biri gibi. Bu kamyon 1951'de Sovyetler Birliği'nin Gorki Otomobil Fabrikası'nda üretilmişti ve benden tam dört yaş büyüktü. Zhang Usta'nın kamyonun şanlı tarihini anlatmasını dinlerken büyük bir saygı duydum kamyona, bu da Lu Wenli'nin babasının kamyonunu hatırlattı bana, doğar doğmaz ayrılmış olan ikiz kız kardeşler olduklarını hissettim onların. İkiz kız kardeşler yerine ikiz erkek kardeşler ya da bir kız bir erkek ikizler demememin nedenini soracak olursanız ben de pek emin değilim bundan, onları düşününce aklıma ilk düşen şey bu oldu, sonra da öyle yer etti aklımda. Bu iki kamyonu düşününce aklıma şu geldi birden: Jinan Askerî Komuta Bölgesi'ndeki Penglai Garnizonu'na çaylak olarak gönderilmiş ve Genelkurmaylık'a bağlı olan bu küçük birime şans eseri düşmüştüm, Lu Wenli'nin masa tenisi oynarken topu Liu Öğretmen'in ağzına sokmasından daha büyük bir olasılıktı bu, yine de çok büyük bir olasılık değildi işte. Zhang Usta'dan kamyonun şanlı tarihini dinledikten sonra ne yapmam gerektiğini biliyordum artık, bu küçük birime gönderilmem kaderimde yazıyormuş meğer, uzun süredir birbirinden ayrı olan bu iki kız kardeşi yeniden bir araya getirmekti görevim.

Ocak 1978'de yeni atanan kışla komutanımız, Zhang Usta'dan kırk sepet elmayla yüz demet taze soğanı kamyonla, rapor verdiğimiz komutana teslim etmesini istedi. Merkez karargâhı Pekin'in banliyölerinden birindeydi ve haritadan hesapladığımıza göre aramızda bin iki yüz kilometre mesafe vardı. Zhang Usta yol boyunca kamyonun bakımını üstlenmem için beni seçti yardımcısı olarak. Benim için bundan daha iyi bir görev düşünülemezdi. Gece yarısı yola çıktık, plana göre ertesi gün akşam olmadan varacaktık hedefe. Ama Weifang şehrini geçer geçmez sorun çıkardı kamyon. Saatte otuz kilometre hızı geçmezsek bir sorun yoktu ama bunu birazcık geçsek egzoz borusundan tüfek sesini andıran patlamalarla dumanlar çıkıyordu hemen. Zhang Usta kamyonun yağ yatağında bir sorun olduğunu düşündü ilk önce, fakat bir el feneriyle kamyonun altına baktıktan sonra orada bir sorun olmadığını fark etti. Sonra yine hızlanınca aynı sorunla yine karşılaştık. O sırada şafak sökmeden hemen önceki o zifirî karanlığın içindeydik, hava buz gibiydi, yerler kırağı tutmuş, yer yer kar kaplamıştı etrafı. Zhang Usta kapitone ceketini yere serip yine girdi kamyonun altına, kamyonun her bir yerini kontrol etti bu kez. Ama ne kadar kontrol ettiyse de hiçbir sorun göremedi yine. Kamyonun sürücü kabinine girip sıkıntıyla sigara içmeye başladık, birden şöyle mırıldanmaya başladı Zhang Usta: "Olacak iş değil bu, hay anasını, tuhaflığın daniskası. Kamyon, eski dostum benim, bugün ne oldu sana böyle? Onlarca yıldır beraberiz, İhtiyar Zhang'ın senin yüzünü kara çıkardığını gördün mü hiç?" Onun kamyonla böyle konuşmasını duyunca ödüm bokuma karıştı, içime bir kuşku düştü. Lu Wenli'nin babasının Jiao Nehri Devlet Çiftliği'ndeki kamyonunu düşündüm yine, çiftlikle aramızda yüz kilometre vardı daha, bir araba ya da kamyon için çok uzak bir mesafe sayılmazdı bu ama ya karşılaşacakları için heyecana kapıldıysa bu iki kamyon? Zhang Usta mırıldanmaya devam ediyordu: "Eski dostum, bu görevi yerine getirmem için yardım etmelisin bana, elma ve taze soğanları Pekin'e götürelim hele, dönüş yolunda rotayı değiştirip Jiao Nehri Devlet Çiftliği'ne gideriz, böylece kız kardeşini görürsün sen de..." Bu Zhang Usta yok mu, benimle aynı kafadaydı işte adam.

Kırmızı güneş ufaktan yükselirken yolun iki tarafı uçsuz bucaksız bir beyazlığa bürünüyordu, kar, kırağı ya da alkali toprağın beyazlığıydı bu. Sürüne sürüne Shouguang şehrine varınca yemek yiyecek bir yer aradık. O zamanlar şehirden çok, hayalet bir kasabayı andırıyordu Shouguang. Şehrin ortasından sadece bir yol geçiyordu ve sadece bir lokantası vardı, lokantanın camında sekizde açıldığı yazıyordu ama saat dokuzu bulunca ancak açıldı. Bir önceki günden kalmış soğuk çöreklerden başka yiyecek bir şey bulamadık. Halk Kurtuluş Ordusu'ndan olduğumuzu gören garson bize daha bir kibar davranıyordu, çörekleri en kısa sürede ısıtacağını söyledikten sonra bir termos sıcak suyla bir tabak turşu getirdi. O zamanlar bir çöreğin ederi elli gramlık tahıl kuponuydu, benim yanımdaysa ülkenin her yerinde geçen daha büyük kuponlardan vardı, garson kuponu bozamadı tabii, gidip bir yerlerde soruşturduktan sonra her iki yüz elli gramlık kupona üç *fen* ödeyecek şekilde para üstü verilmesine kararlaştırıldı.

2003'te Shouguang'a Sebze Fuarı'na katılmak için davet edildim, o zaman gökdelenleri ve geniş otobanlarıyla tam anlamıyla modern bir şehre dönüşmüştü işte, ilk geldiğimde gördüğüm o ıssız topraklar plastik çadırlarla kaplanmıştı şimdi. Bu, plastik çadırla kaplanmış olan seralar, Çin'in yeme içme alışkanlığını değiştirip sebze ve meyvelerin mevsimselliğiyle bölgeselliğini bozuvermişti bir anda. Yerel halk bu seralarda daha önce ne adını duyduğum ne de kendisini gördüğüm bir sürü sebze ve meyve yetiştiriyordu, fuara katılan yerli ve yabancı işadamlarıyla ziyaretçilerin ağızları açık kalmıştı buna.

Karnımız doyunca yola devam ettik ama o ihtiyar GAZ 51 de sorun çıkarmaya devam ediyordu, tek yapabildiğimiz şey dumanlar ve patlama sesleri çıkararak yola yavaş yavaş devam etmekti, hiç kolay olmadı ama sonunda Humin ilçesinin Binzhou kasabasına vardık bir şekilde, kamyonu bir otomobil tamircisine götürüp ihtiyar ustaya sorunun ne olduğunu sorduk. Ustanın saçları iyice ağarmıştı, sol elinin iki parmağı kesikti ama bir çalışmayagörsün hayranlıkla izliyordunuz takdire şayan işini. Bizim ihtiyarın gözleri parladı birden kamyonu görünce. "Vay be," dedi, "bu ihtiyar kamyon hâlâ çalışıyor, ha!" Zhang Usta, kendini yakın hissetmiş olacak, bir sigara ikram etti ihtiyara. İhtiyar usta Kore Savaşı'na katılmış ve araba tamirciliği yapmıştı savaşta, bu da bizim kamyonun ilk şoförünün silah arkadaşı yapıyordu onu – hani o direksiyon başında kendini kurban vermiş olanın. İhtiyar usta gözle görülür bir şekilde heyecanlanmıştı, kamyonun etrafında dönüp duruyor, ara ara okşuyordu onu, uzun yıllardır kayıp olan atını görmüş olan bir binici gibi. Kamyona binip tamirhanenin etrafında birkaç deneme sürüşü yaptıktan sonra yağ yatağında bir sorun olduğunu söyledi. Kamyonu dikkatle inceledikten sonra kendi de bir sorun bulamadı ama. "Ee, ihtiyarlamış artık, elden bir şey gelmez," dedi. Ona ne kadar borcumuz olduğunu sorunca elini sallayıp gönderdi bizi.

Yola yeniden koyulduk haliyle, hızımızı artırınca bütün o gümbürtü ve duman geri döndü hemen. Zhang Usta kamyonu bir kenara çekti, başını direksiyona dayayıp uzun süre kıpırdamadı yerinden. "Zhang Usta," diye seslendim, "yağ yatağını çıkarıp neden içine bakmıyoruz ki? Yola çıkmadan önce kamyonu garnizonun tamir servisine götürdüğümüzde yağ yatağına bir şey koymuş olmasınlar sakın?"

"Ne koymuş olabilirler ki? Huang ilçesinden Weifang'a saatte elli kilometre hızla sorunsuz gelmedik mi!" Zhang Usta böyle demiş olmasına rağmen kamyondan aşağıya inip benim yağ yatağını sökmemi izledi, filtreyi sökünce filtrenin içine konmuş olan seramik bir kapakçık buldum, işte o zaman şöyle bağırdı Zhang Usta: "Hay canım nineciğim benim! Bu da ne böyle!" Görünüşe göre garnizondaki tamirci kamyonun bakımını yaparken bize iyilik olsun diye seramik bir kapakçık koymuştu ama seramik kapakçığın delikleri o kadar küçüktü ki yağ filtrenin içinden geçemiyordu bir türlü ve bu da kamyonumuzun hızlı gitmesine engel oluyordu! Zhang Usta seramik kapakçığı yere fırlatıp topuğuyla bir güzel ezdikten sonra ingilizanahtarını alıp yağ yatağının borusunu iyice sıktı, ellerini üstüpüyle sildi, eldivenlerini eline geçirip kamyona bindi, gaz pedalına basar basmaz vınlamaya başladı kamyon, saatte altmış kilometre hıza ulaştık ama bana mısın demedi, ne patlama sesleri vardı artık ne de duman, her şey normale dönmüştü. "Hay ninesini sikeyim onun, benim güzelim midillimi boğacaktı az kalsın!" diye sövdü Zhang Usta, dörtnala giden bir atın binicisi gibi heyecanlanmış bir halde.

Cangzhou'ya vardığımızda iyice kızarmış olan güneş batıya çekiliyordu, en iyisi geceyi geçirecek bir yer bulmaktı şimdi. Otelin dolu olduğunu söylediler; ama resepsiyondaki şişman kız çok iyi kalpliydi, bizim yorgun halimizi görünce, "Halk Kurtuluş Ordusu'ndan gelen yoldaşlar, sakıncası yoksa yere birer şilte sereyim sizler için," dedi. Şişman kız şilteleri serdikten sonra ayaklarımızı yıkamamız için iki leğen sıcak su getirdi bize. Nezaketinden çok etkilenmiştik.

Zhang Usta kamyonu tamir ederken yerde yattığından soğuk almıştı ve durmadan öksürüyordu. Hemen caddeye koşup bir eczane buldum, soğuk algınlığı ilacı alıp kendi ellerimle içirdim ona. Ardından yolun kenarına park ettiğimiz kamyonumuzun yanına gittim, üzeri brandayla sımsıkı kaplanmış bir halde öyle duruyordu orada. Ön kaportasına hafiften vurup şöyle dedim ona: "Seni de iyi yorduk, ha!"

O gece bir güzel uyuduk. Sabah kalktığımızda Zhang Usta'nın soğuk algınlığı da geçmişti. Şişman kız lokantada kızarmış börek, lavaş ve pirinç lapası yiyebileceğimizi söyledi ama eğer bunları yemek istemez ve sekize kadar beklersek bize Çin mantısı da alabilirmiş. Lavaşın, kızarmış böreğin ve pirinç lapasının harika olduğunu söyledik. Karnımız doyunca yola koyulduk yine. Öğleye doğru Tong ilçesini geçip Pekin'e girdik, Chang'an Caddesi'ne gelince Zhang Usta kamyonu deli gibi bir hızla kullanmaya başladı, bizim ihtiyar GAZ 51 caddedeki bütün o küçük arabaları ardında bırakıyordu. Mavi üniformalı ve beyaz kolluklu bir polis durdurdu bizi elindeki copla. Aşırı hız yaptığı için Zhang Usta'ya çıkışmaya başladı. Zhang Usta üst üste özür dileyip Pekin'e ilk kez geldiğini ve trafik kurallarını bilmediğini söyledi ona. Pekin, aman Tanrım, Pekin'deydik! Gaomi Kuzeydoğu Bucağı'ndan gelen fakir bir gencin 18 Ocak 1978 tarihinde Pekin'de olabileceği kimin aklına gelirdi ki? Bir sürü siyah beyaz sedanla çimen yeşili cip gördüm yolda. Yine bir sürü yüksek binayla iş merkezi gördüm. Hokka burunlu ve mavi gözlü bir sürü yabancı da vardı. O zamanki Pekin, bugünkünün onda biri büyüklüğünde bile değildi ama benim gözümde devasa ve çok ürkütücü bir yerdi.

3

Şehir merkezinden çıkıp kuzeye yöneldik, kıvrım kıvrım kıvrılan dağ yolunu takip edip Çin Seddi'nin Juyong Geçidi'nden[1] geçip bir saat kadar daha kuzeye devam ettikten sonra merkez karargâhının o büyük avlusuna ulaştık sonunda. Getirdiğimiz elma ve taze soğanlar büyük bir coşkuyla karşılandı. Kamyondaki yük boşaltıldıktan sonra bir masa tenisi masası, dört basketbol potası, on tane eğitim amaçlı ahşap saplı süngü, dört tane süngü kılıfı, yine eğitim amaçlı yirmi ahşap saplı el bombası ve iki tane deri nöbetçi üniformasıyla tekrar yola koyulduk. Gelirken iki kişiydik, dönüş yolunda aramıza biri daha katıldı. Yeni şoförümüzdü bu, askere 1977 yılında katılmış, sürücülük eğitiminden daha yeni mezun olmuş, Shandong, Yishui'den Tian Hu adında, koca gözlü, beyaz dişli ve yüzünde çocuksu bir ifade olan bir çaylak.

Pekin'e gelmem hiç de kolay olmamıştı ve şimdi buradan ayrılırken hayatım boyunca buraya bir daha geri gelip gelemeyeceğimi hiç bilmiyordum; böyle bir şehri sadece geçerken görmek çok pişmanlık vericiydi, öyle değil mi ama? Bu yüzden yola çıkmadan önce üst

1. Pekin şehir merkezine 51 kilometre uzaklıkta olan bir geçit. (Ç.N.)

makamlardan birine gidip şehirde birkaç gün geçirip geçiremeyeceğimizi sorduk, sadece bir gün bile yeterdi, Tiananmen Meydanı'na gidip önünde fotoğraf çektirmek bile yeterdi bu yolculuk için çektiğimiz sıkıntılara. Üst makamın cömertliği tutmuş olacak üç günlük izin kopardık ve bizim organizasyonun misafirhanesi ayarlandı kalmamız için. O sırada hiçbirimizin üzerinde ne bir oturma izni ne de askerî kimlik vardı ve otel ya da misafirhaneye kayıt yaptırmak için tavsiye mektubuna ihtiyaç duyuyorduk. Komutan hepimize kırmızı mühürle damgalanmış birer tavsiye mektubu verdi kalacağımız süre boyunca kullanmamız için.

İlk durağımız Tiananmen Meydanı oldu, fotoğraf çektirmek için sıraya girdik hemen, sonra da Başkan Mao'nun anıtmezarında sıraya girdik saygılarımızı iletmek için. Kristal bir tabut içinde uzanan Başkan Mao'yu görünce iki yıl önce vefat ettiğini duyduğumuz gün yaşadığımız o dağları devirip yerleri sarsan şoku hatırladım birden, dünyada ölümsüzlere yer olmadığını anlamıştım o zaman, rüyamızda görsek bile inanamazdık Başkan Mao'nun bir gün öleceğine ama olan olmuştu işte. Başkan Mao öldüğünde Çin'in bittiğini düşünmüştük, oysa onun ölümünden iki sene sonra Çin'in hiç de bitmediğini, aksine yavaş yavaş daha iyi olmaya başladığını gördük. Üniversiteler kapılarını yeniden açtı, köylerdeki toprak ağaları ve zengin köylüler uzun süredir takmak zorunda oldukları o ahmak şapkalarını çıkardılar, köylü aileler daha iyi besleniyordu artık, Üretim Tugayı'nın inekleri bile şişmanlamıştı. Hatta benim gibi biri bile Tiananmen Meydanı'nda fotoğraf çektirip Başkan Mao'nun anıtmezarını kendi gözleriyle görebiliyordu artık. Sonraki iki gün boyunca Beihai Parkı'na, Gök Tağınağı'na ve tapınağın hemen yanındaki Doğal Tarih Müzesi'ne gittik, müzede gördüğüm devasa dinozor iskeletinden çok etkilendim. Yasak Şehir'e, Jingshan Parkı'na, Yazlık Saray'a, Pekin Hayvanat Bahçesi'ne ve dur durak bilmeden zenginleşen Wangfujin Caddesi'ne gittik, Xidan'daki bir mağazadan üç tane siyah, deri sırt çantası bile aldım, biri kendim içindi, diğer ikisini silah arkadaşlarıma hediye ettim. Nişanlım için de pembe bir eşarp aldım. Pamuk İşleme Tesisi'nde geçici olarak çalışırken uzak bir akrabamın vasıtasıyla tanışmıştık onunla. Biraz tereddüt ettiğimi gören akrabam şöyle çıkışmıştı bana: "Aptallık etme! Güzel, şişman bir domuz kapına kadar gelmiş, sen hâlâ bir köpeğin kapıyı tırmaladığını sanıyorsun!"

Çok sonraları işin aslını şöyle anlatmıştı bana bu uzak akraba, beni kendi kızıyla evlendirip Pamuk İşleme Tesisi'nde muhasebeci olan amcam sayesinde kadrolu bir iş bulacaktı kendine. Evlendikten sonra karım da şöyle demişti bana: "Biz tanışmadan önce komünün parti komitesi daimi üyesi Liu, komünün parti sekreteri yardımcısının yeğeniyle aramı yapmak istemişti, ben de onun gözlerinin çok küçük olduğunu bahane edip başımdan savmıştım bu teklifi. Biz evlendikten sonra Daimi Komite Üyesi Liu, 'Sekreter Guo'nun yeğeninin küçük gözlerini beğenmemiştin bir de, şimdi büyük gözlüsünü mü buldun sanki!' diye dalga geçmişti benimle. Ben de ona Sekreter Guo'nun yeğeninin feri kaçmış küçük gözlerinin olduğunu ama benim küçük Mo'mun gözlerinin küçük olsa da ışık saçtığını söylemiştim; aynı şey değildi bu." Yıllar sonra hak edilmemiş bir ünün keyfini süren bir yazar olduğumda Daimi Komite Üyesi Liu'nun insanlara karımın insan sarrafı olduğunu söylediğini duyacaktım sık sık.

Daha sonra Xidan'daki bir lokantanın o meşhur Çin mantılarından yiyebilmek için iki saat sıra bekledik, yağlı domuz etinden yapılmış, ısırdığınızda içinden yağ fışkıran, makinede sarılmış mantılardı bunlar. Yarı insan boyundaki mantı sarma makinesi lokantanın içindeydi, dışarıdaysa bir düzine kadar masa vardı. O zaman bunun büyük bir icat olduğu hissine kapılmıştım, makinenin bir tarafından hamuru, suyu ve eti içine atıyorlardı; diğer tarafından güzelce sarılmış mantılar yuvarlanıyordu birbiri ardına kaynar su dolu bir kazanın içine; gerçekten de bu deli bir dâhinin buluşu olmalıydı. Eve geri dönüp bu fantastik olayı anneme anlattığımda inanmamıştı bana. Şimdi düşünüyorum da makinenin sardığı o mantıların dışı çok kalın, içiyse neredeyse yok gibiydi aslında, mantı içinin yarısı kazanın içinde kalıyordu, hem kötü görünüyorlardı hem de tatsız tuzsuzdular ama o zaman Xidan'daki o büyük mağazanın hemen yanındaki bir lokantada makinede sarılmış mantı yemek köye dönünce böbürlenebileceğimiz bir şeydi bizim için. Şimdiler de kimsenin makinede sarılmış mantı yediği yok tabii, bütün mantıcı tabelalarının üzeri ev yapımı ibaresiyle dolup taşıyor haliyle. O zamanlar domuz eti ne kadar yağlıysa o kadar makbuldü mantılar, şimdiyse vejetaryenlik moda. Zaman değişti, her şey bunun kanıtı adeta.

Zhang Usta dönüş yolunda direksiyonu Tian Hu'ya bırakıp sürücü koltuğunun yanındaki koltuğa, benim yanıma sıkışıverdi. Tian Hu'nun gelişi bir gün kamyon şoförü olma hayalimi darmaduman etti tabii. Hayal kırıklığına uğradığımı gören Zhang Usta gönlümü almak için şöyle fısıldadı: "Küçük Mo, kokuşmuş bir şoför olmak için fazla yeteneklisin sen, bir sivrisineği öldürmek için havan topu kullanılır mı hiç?[1] Sabret biraz, bir gün şans senin de kapını çalacak." Sözleri rahatlatmasına rahatlatmıştı beni ama geleceği düşününce hâlâ bir belirsizlik uzanıyordu önümde. İki yıl boyunca canımı dişime ta-

1. Konfüçyüs'ün bir sözü. Aslı şöyledir: "Sivrisineği öldürmek için havan topu kullanma." (Ç.N.)

kıp bir şey olmaya çalıştıktan sonra hiçbir işe yaramayan biri olarak eve nasıl dönecektim peki? Hayır, dönmeyecektim, burada kalıp mücadeleye devam edecektim! Savaşa devam!

Pekin'deyken şöyle bir rüya gördüm: Zhang Usta'yla ben bizim köye dönüyoruz, bizim kamyonu ve Lu Wenli'nin babasının kamyonunu bizim okulun önündeki oyun alanına park ediyoruz. İki GAZ 51'in de kasaları kırmızı ipek kurdelelerle süslenmiş, burunları sayılan ön tamponlarına kırmızı ipekten yapılmış kocaman birer çiçek konmuş. Okul bandosunun yanında trompet ve davullar da çalıyor, ellerindeki ipek şeritleri sallayıp basit ama ritme uygun bir dans tutturan bir sürü öğrenci var. Sonra gece iniyor birden, etrafta çıt yok, ölüm sessizliği, sadece ay parıldıyor o koca boşlukta. Tek başımayım, o iki kamyonu görmek için oyun alanına gidiyorum, kamyonlar iki köpek yavrusu gibi burunlarını birbirlerine sürtüp birbirlerini koklaşarak tanışıyor. Uzun bir aradan sonra birbirine kavuşan iki eşek gibi anırmaya başlıyorlar. Sonra onlarca metre geri çekilip yine burunlarını tosluyorlar birbirlerine. Bunu üç kere tekrarladıktan sonra Lu Wenli'nin babasının kamyonu, işi eğlenceye vurup dörtnala koşmaya başlıyor, bizim birimin kamyonu da sıcak takibe alıyor onu. İki GAZ 51 biri erkek, biri dişi eşek gibi birbirini kovalamaya başlıyor oyun alanında. İşte o an şunun farkına varıyorum birden: Bu iki kamyon ikiz kız kardeşler değil, âşık onlar. Birbirlerini kovaladıktan sonra çiftleşiyorlar ve hemen ardından küçük bir GAZ 51 doğuyor... Rüyamı Zhang Usta ve Tian Hu'ya anlattıktan sonra, "Jiao Nehri Devlet Çiftliği'ne gitmemiz şart oldu artık," dedi Zhang Usta.

"Babam da böyle bir rüya görmüştü," dedi Tian Hu, "ertesi gün de kaza yaptı." Tian Hu'nun babası da kamyon şoförüymüş.

"Seni aptal çaylak," diye çıkıştı ona Zhang Usta, "kapa o karga çeneni!"

Tian Hu'nun yaptığı uğursuz yorum Zhang Usta için bir tabuydu, hayırlı bir iş için yola çıkmıştık ama Weifang'a vardığımızda planlar değişti. Akşam dokuz sularında vardık oraya, gök yıldıza kesmişti. "Küçük Mo," dedi Zhang Usta bana, "uzun süredir yoldayız, gözkapaklarım yorgunluktan seğiriyor artık, içimde oğlum Qinbing'in başına kötü bir şey gelecekmiş gibi bir korku var. Madem buraya kadar geldik, seni Weifang Tren İstasyonu'na bırakalım da köye trenle dönüver. Senin yerine izin alırım ben, bir sorun olursa hallederim. Tian Hu'yla ben Yanwei Otobanı'ndan kışlaya geri dönüyoruz."

Zhang Usta'nın içinden geçenleri çok iyi anlayabiliyordum, her ne kadar pek çok kez heybetli bir GAZ 51'le köye geri döneceğimin hayalini kurmuşsam da –ki bu konuda kendimi çok kötü hissediyordum– iki yıllık askerliğin ardından eve ilk kez geri dönme fırsatı da öyle kolay elde edilebilecek bir şey değildi hani. Beni istasyonda bıraktıktan sonra yollarına devam ettiler. Kamyonun arka tamponundaki kırmızı ışıkları bakışlarımla uğurlayabildiğim kadar uğurladıktan sonra istasyona girip bilet aldım.

Hayatımda ikinci kez trene biniyordum. Trene ilk binişim on sekizime girdiğim o yılın baharında, ağabeyim ve yeğenimi Şanghay'a giden gemiye bindirmek için Qingdao'ya kadar uğurladığımızda olmuştu. O yıllarda trene binmek büyük bir olaydı ve Qingdao'dan döndükten sonra epey böbürlenmiştim trene bindim diye. İkinci binişimde de ilki kadar heyecanlandım. Tren tıka basa doluydu ve vagonlar sidik kokuyordu. İki genç adam tuvalet sırası için kavga ediyordu, birinin burnu kırıldı, diğerininse kulağı yırtıldı. O zaman son derece normal gelmişti bu bana. Weifang ile Gaomi arasında yüz kilometreden biraz daha fazla bir mesafe vardı ama tren sarsıla sarsıla üç saatte ancak aldı yolu. 2008'de Harmony denilen yüksek hızlı tren hattıyla Pekin'den Gaomi'ye kadar olan sekiz yüz kilometrelik yolu sadece beş saatte almıştık.

Gaomi İstasyonu'na vardığımızda şafak sökmüştü çoktan, sabah güneşi yükselirken göğü kırmızıya boyuyordu. Biletimi kontrol ettirip istasyondan çıktıktan sonra İstasyon Meydanı'nda kızarmış börek ve soya sütü satan bir dükkândan gelen ve uzun süredir duymadığım Maoqiang[1] Kumpanyası'nın ezgilerini duydum birden. Geleneksel bir opera olan Luoshan Ji'de Lao Dan denilen yaşlı bir kadın karakterin seslendirdiği o acı ve hüzünlü arya öyle bir avucunun içine aldı ki beni gözlerim doldu hemen. Birkaç gün önce CCTV'nin[2] opera kanalında bir Maoqiang Kumpanyası'nı tanıtırken bahsettim bu olaydan. İki yüz elli gram kadar kızarmış börekle bir kâse soya sütü aldım, bir yandan yemek yiyor, bir yandan da aryayı dinliyordum.

İstasyon Meydanı'nın iki yanına sıralanmış küçük dükkânların sahipleri bağıra çağıra müşterilerin ilgisini çekmeye çalışıyorlardı. Daha iki yıl önce İstasyon Meydanı'ndaki tek lokanta devletin işlettiği ve garsonlarının müşterilere çok kaba davrandığı bir yerdi. Daha sonra bireysel işletmeler de katıldı bu yarışa. Birkaç yıl içinde de ilkbahar yağmuru sonrası çıkan bambu filizleri gibi her yerde bitmeye başladılar. Halkın sahip olduğu kolektif lokantalar, tedarik ve pazarlama kooperatifleri ve devletin işlettiği dükkânların hepsi birbiri ardına kapanmaya başladı sonra.

Kuzeydoğu Bucağı'na giden otobüse bindim ve öğ-

1. Shandong eyaletinde doğan yerel bir opera türü. (Ç.N.)

2. Çin devlet televizyonu. (Ç.N.)

leden sonra saat üçü gösterdiğinde ancak girebildim eve. Yıkılmaya yüz tutmuş evi ve daha da kötüsü artık iyice yaşlanmış olan anne ve babamı görünce kendimi çok çaresiz hissettim. Birimin halini, subaylığa giden yolumun nasıl kapandığını ve kamyon şoförü olma hayalimin nasıl yıkıldığını anlattım onlara, ancak iki yıllık zorunlu görevimi bitirdikten sonra eve dönebileceğimi de ekledim.

"Bunun senin çıkış yolun olacağını sanmıştık..." dedi annem.

"Bütün suç beni o birime yollayan talihsizliğimde," dedim, "eğer ordunun içinde, gerçekten sahada olsaydım şimdiye kadar çoktan subay olmuştum bile."

"Şimdi bunları konuşmanın bir yararı yok," dedi babam, "evin halini sen kendin de gördün artık. Geri dönüp işine sarıl, kendini göstermekten çekinme sakın. İnsanı hastalık öldürür, çalışmak değil. Sen işini iyi yaptıktan sonra üstlerinden biri senin farkına varır elbet. Eğer yükselemez ya da kamyon kullanmayı öğrenemezsen bir yolunu bulup partiye katılmayı dene. Ömrüm boyunca Komünist Parti'ye sadık kaldım, bir gün partiye girebilmenin hayaliyle yaşadım hep ama olmadı işte, artık bu hayatta bir geleceğim de yok, tek umudum sizlersiniz, hazır ordudayken bir yolunu bulup partiye gir de eve dönerken yüzün olsun biraz."

4

Kışlaya geri döndükten sonra komutanımdan bir çağrı aldım, Halk Kurtuluş Ordusu Zhengzhou Teknoloji ve Mühendislik Üniversitesi'ne giriş sınıfında bizim birim için bir kontenjan açıldığını ve kapsamlı bir araştırmadan sonra sınava hazırlanmak için benim seçildiğimi söyledi. Kafamda bir uğultu başladı birden, beynim bana çok uzun gelen bir süre çalışmasını durdurdu. O gün öğle yemeğinde "aslan başı"[1] denilen domuz köfteleriyle ağırlandık, zamanının en iyi yemeğiydi bu ama ağzımda balmumu gibi bir tat kalmış geriye. Hayatımda ilk kez etin tadını alamamıştım. Neden mi? Bizim kışla komutanı ta başından beri benim lise mezunu olduğumu sandığından sınava benim girmemi istemişti. Ama aslında ben ilkokul beşi bile bitirememiştim, dil, edebiyat ve politikayla ilgili konularla baş edebilirdim bir şekilde; ama iş matematik, fizik ve kimyaya gelince tam bir kara cahildim. Açık pozisyon bilgisayar terminali tamiriydi, benim yeteneklerimi fersah fersah aşıyordu bu. Gerçeği söylemek gerekirse işim bitmişti artık. Başımı eğip sonucuna katlanacaktım, sesimi bile çıkarmadım.

1. Çin'in Huaiyang (Huai ve Yangtze nehirlerini içine alan bölge) mutfağının meşhur köftesi. (Ç.N.)

Kışlada Hunan'lı, Ma adında bir radyo teknisyeni vardı, benimle aynı yaştaydı ve bana iyi davranırdı, beni cesaretlendirmek için şöyle dedi: "Bildiğim kadarıyla dışarıdan birilerini çekmek amacıyla pozisyon açılır, vitrin dekorasyonu olarak düşün bunu, tek yapman gereken sınava girip boş kâğıt vermemek." Dört işlemden bile anlamadığımı söyledim ona, hele kesirleri hiç bilmiyordum. Bana öğreteceğini söyledi, benim gibi zeki birinin elinden hiçbir şey kurtulamazmış. Önümüzde sadece altı ay vardı. Ben de umutsuzca denemeye karar verdim. Yaptığım ilk şey eve bir mektup yazıp ağabeyimin bütün ortaokul ve lise kitaplarını bana göndermelerini istemek oldu. Her akşam Ma Usta'nın yanına gidip ders çalışıyordum. Kışla komutanı malzeme deposundan bir masayla sandalye ayarladı bana, nöbette olmadığım zamanlarda orada ders çalışmam için. Kendimi derslere daha iyi vermem için de 1971 çaylaklarından biri atandı geçici olarak birimdeki komutan yardımcılığı görevime.

Gaomi Kuzeydoğu Bucağı'nda üniversiteye giden ilk kişi ağabeyimdi, onun ailemize zafer kazandırmış olduğunu hissettiğimden küçüklüğümden beri üniversiteye girmenin hayalini kuruyordum. Şimdiyse bu hayali gerçekleştirmenin sırası gelmişti işte. Ama altı ay gibi kısa bir sürede ve sadece boş zamanlarımda lise matematiği, fiziği ve kimyasında kendi kendime uzmanlaşmak olacak iş değildi hani. Alıştırma yapacak zaman yoktu, sadece ders kitaplarını okuyup ne olduğunu anlamaya çalışıyordum. O kadar çok formül vardı ki tek yaptığım şey hepsini hünnap gibi yalayıp yutmaktı, hiçbirini anlamıyor ama ezberliyordum. Deponun duvarları çok geçmeden kurşun kalemle yazdığım formüllerle doldu taştı. Umut ve umutsuzluk arasında mücadele veriyordum. Daha çok umutsuzluk içindeydim, umudum gittikçe azalıyordu. Rengim soldu, kilo kaybetmeye başladım, saçlarım da karman çorman olmuştu, politik eğitmenimiz bu halimle bir mahkûmu andırdığımı söylerdi. Ağustos ayında bir gün şöyle dedi bana: "Az önce üstlerimizden bir telefon aldık, bizim birim için açıldığı söylenen o pozisyonun sınavı iptal edilmiş, bunu anlayışla karşılayacağını umuyorum senden." Söyledikleri bir yandan içimi rahatlatmıştı ama bir yandan da büyük bir hayal kırıklığına uğratmıştı beni. Politik eğitmen kışladaki herkesin katıldığı bir toplantıda bu olayı açıklayıp muhafız sınıfındaki komutan yardımcılığı görevime geri döndüğümü bildirdi. O zamanlar orduda bir okuryazarlık çılgınlığı baş göstermişti, kışlanın eğitmeni silah arkadaşlarıma matematik dersi vermekle görevlendirdi beni. Silah arkadaşlarıma matematik dersi verirken altı ayda matematik hakkında hiç de azımsanmayacak şey öğrendiğimin farkına vardım. Hatta eğitmenlerden biri bir gün benim trigonometri dersime teftiş için geldiğinde çok etkilendiğini söyledi. İşte o ders sayesinde Baoding Eğitim Taburu'na eğitmen olarak atandım.

Üniversiteye girme hayalim yerle bir olmuştu ama edebiyata olan ilgim ve bir gün bir yazar olabilme hayalim gün geçtikçe artıyordu. O yıllarda çok kısa bir öyküyle bile şöhreti yakalayabilirdiniz. Ben de *Halk Edebiyatı* ve *Halk Kurtuluş Ordusu Edebiyatı* dergilerine abone olup Eylül 1978 itibarıyla edebiyatı daha yakından takip etmeye ve yazmaya başladım. İlk olarak "Anne" diye kısa bir öykü yazdım, bunu takiben de "Boşanma" adında altı perdelik bir tiyatro oyunu. Bizim birimin postacısı sol gözü deforme olmuş, kısa boylu, orta yaşlı, Sun adında bir adamdı, herkes "İhtiyar Sun" diye çağırırdı onu, birkaç saygısız eleman da "Tek Gözlü Ejderha" diye konuşurlardı arkasından. Ne zaman onun motosikletinin sesini duysam kalbim yerinden fırlayacakmış gibi çarpmaya başlardı. Çünkü o iki elyazmamı dergilere yollamıştım ve müjdeli bir haber bekliyordum dört gözle. Ama aldığım en iyi haber, *Halk Kurtuluş Ordusu Edebiyatı*'ndan gelen, tükenmez kalemle yazılmış ret mektubuydu, "Boşanma" adlı tiyatro oyunumun dergilerinde yayımlamak için çok uzun olduğunu söylüyor ve başka bir yere göndermemi salık veriyorlardı. Baoding'e taşınmadan önce yükümü azaltmak ve yeni bir başlangıç yapabilmek için o iki elyazmasını sobaya atıp yaktım bir güzel. 1999 yılında orayı ziyarete gittiğimde kışlanın tavuk çiftliğine dönüştürülmüş olduğunu gördüm. O zamanlar ders çalışırken kullandığım depoya gidince duvarlara yazdığım matematik, fizik ve kimya formüllerinin belli belirsiz de olsa hâlâ durduğunu fark ettim.

5

1979 hem ülke açısından hem de benim için çok önemli bir yıl oldu. Şubat'ın 17'sinde ordumuz Vietnam'a karşı saldırıda[1] bulundu. İki yüz bin asker Guangxi ve Yunnan'dan Vietnam topraklarına girdi. Ertesi gün kahvaltı ederken Li Chengwen adında kahraman bir askerin düşman mevzilerine bombalı bir intihar saldırısı gerçekleştirdiğini duyduk radyodan. Benimle birlikte askere yazılan pek çok silah arkadaşım cepheye gönderildi. İçten içe kıskanıyordum onları. Ben de onlarla birlikte cepheye gidip ne kadar kahraman olduğumu göstermeyi çok istiyordum, eğer savaşı sağ salim atlatırsam yiğitlik mertebesine yükselecek, sağ çıkmazsam da en azından anne ve babamı şehit ailesi mertebesine çıkaracaktım, böylece politik statüleri değişecek ve beni boşa yetiştirmemiş olacaklardı. Böyle düşünen sadece ben değildim. Bu düşünce çok basit ve çok naif olabilir ama işin aslını söylemek gerekirse benimki gibi politik baskı altında olan orta sınıf köylü ailelerinin çocuklarının hepsinin böyle çarpık düşünceleri vardı işte. Aşağılık bir yaşam sürmektense şanlı bir ölümü tercih ediyorduk hepi-

1. Çin-Vietnam Savaşı ya da Üçüncü Çinhindi Savaşı, 1979 yılında Çin ve Vietnam arasında yaşanan kısa ama kanlı bir sınır çatışmasıdır. (Ç.N.)

miz. Ön cephede savaşmak uzun vadede bizim birimin itibarını da yükseltecekti hem, ister talim ister egzersiz yapmak olsun, ister nöbet tutmak ister bedensel güç harcayacağımız herhangi bir iş, bizden beklenen her şeye gözü kapalı ve büyük bir şevkle atlıyorduk hemen. Ama savaş çok kısa sürdü ve birimimiz yeniden eski haline döndü.

Haziran sonu eve dönüp evlenmek için izin aldım. Düğün 3 Temmuz'da, çok yağmurlu bir günde gerçekleşti. Düğün sırasında savaştan dönmüş birçok arkadaşımı gördüm, çoğu büyük başarılara imza atmış ve rütbeleri yükselmişti, onları gıptayla izliyordum. Beni bekleyen neydi peki? Belki birkaç ay sonra ordudan ayrılıp eve geri dönmek.

Evliliğimin ikinci günü bisiklete atlayıp Jiao Nehri Devlet Çiftliği'ne gittim, karıma da eski okul arkadaşlarımla görüşüp hasret gidereceğimizi söyledim ama asıl amacım Lu Wenli'nin babasının, az kalsın hayatıma mal olacak olan o GAZ 51'ini görmekti. Çiftliğin araçları çekmiş olduğu yerde buldum onu. Lu Wenli'nin babası o sırada kamyonu boyuyordu. Yanına gidip bir tane sigara ikram ettim ona. "Lu Usta, beni tanıdınız mı?" diye sordum. Gülerek başını iki yana salladı. Lu Wenli'nin ilkokul arkadaşı olduğumu söyledim ona, soyadım Mo, adım da Moxie[1].

"Aaa demek öyle," dedi, "hatırladım, şimdi hatırladım seni. Kamyonu sizin köyün girişine park ettiğimde eldivenlerimi çalmıştın sen."

"O, ben değilim," dedim, "He Zhiwu çalmıştı eldi-

1. *Moxie*, iki okunuşu ve iki anlamı olan bir sözcük. İlki *Xie*, kötü, şeytani anlamında. İkincisiyse *Ye*, cümle sonunda retorik soru olarak kullanılır. Mo Yan'ın gerçek adı olan Guan Moye'nin *Ye*'siyle sesteş. *Moxie*'nin anlamı da kötülüğü olmayan demek. (Ç.N.)

venleri, sadece eldivenleri çalmakla da kalmamış kamyonun lastiğini de indirmişti."

"Bilmez miyim," dedi, o ufaklık küçüklüğünden beri kaz kafalının tekiydi zaten, bizim oralarda öylelerine çarpık boyunlu kaz deriz, içi kötülük kaynar öylelerinin. Sadece tekerin havasını indirmekle kalmamış hava valfini de çalmıştı. Sonra da gelip askerî üniformamı ve kepimi ödünç vermemi istemişti benden, eğer kabul etmezsem yola çivi döşeyip tekerleri patlatacağını söylemişti." Birden onlarca yıl öncesinden gelen bir anı canlandı gözlerimin önünde: Lu Wenli'nin babasının GAZ 51'inin demir atmış bir gemi gibi sokağa saplanıp kalması. Altı lastiğin dördü balon gibi sönmüştü. Lu Wenli'nin babası öfkeden kudurmuş, bir yandan olduğu yerde zıplayıp duruyor, bir yandan da küfrediyordu. O zaman okulun gözünde olayın suçlusu bendim tabii yine ve uzun süre sorgulamışlardı beni. Koca Ağızlı Liu Öğretmen sıcak bir ocak demirini gözlerimin önünde sallayarak suçumu itiraf etmemi istemişti benden. Ama içim rahattı benim, ne de olsa suçu ben işlememiştim ve gözümün önünde sallanıp duran kızgın ocak demiri de umurumda bile değildi. Lu Wenli'nin neler yaptığını sordum ona, işe girdiğini, ilçedeki kauçuk fabrikasında çalıştığını söyledi.

"İnsanın sizin çiftlikte bir işi olması çok iyi bir şey," dedim, "ne de olsa halka ait bir yer burası, kauçuk fabrikası da kolektife ait zaten."

"Yoksa bilmiyor musun?" dedi, "Çiftliği, ilçe hükümeti yönetiyor artık, topraklar da yakında sözleşmeye bağlanacak, böylece bizimle köylüler arasında bir fark olmayacak artık."

Yarısı boyanmış GAZ 51'i ve alanın etrafına dağılmış olan hurdaya çıkmış makineleri işaret edip, "Ya bunlara ne olacak?" diye sordum.

"Satılabilen satılacak, geriye kalanıysa paslanıp gidecek burada," dedi.

"Peki, bu GAZ 51 de satılık mı?" diye sordum hemen.

"Birkaç gün önce He Zhiwu, İç Moğolistan'dan telgraf çekip sekiz bin *yuan*'a ona satmamı istedi kamyonu. Ufaklığın aklından zoru var herhalde? Beş bin *yuan* daha katıp montaj bandından daha yeni çıkmış, Kurtuluş marka bir kamyon alabilir o parayla. Sence, benimle dalga mı geçiyor bu ufaklık?"

Aklımdan binlerce şey geçiyordu, şöyle düşündüm: "Ah, He Zhiwu, ah, o zeki aklından kim bilir ne geçiyordur bu kez? Bu kadar çok para çıkarıp kamyon almak istediğine göre müthiş bir servet edinmiş olmalısın ama ne diye modası geçmiş, dişsiz bir hurdayı almak isteyesin ki? Birazcık nostalji için bu kadar paraya kıyılır mı hiç?"

"Lu Usta," dedim, "ben de anlamadım neden böyle bir şey yapmak istediğini ama sizinle dalga geçmek istemediğinden adım gibi eminim."

"Kendi bilir," dedi, "ama bu kamyonu satmak isteyip istemediğimden emin değilim hâlâ, düşün hele bir, bu kamyonla kaç senedir beraberiz! Aramızda çok derin bir duygusal bağ oluştu haliyle!" Lu Wenli'nin babası bunları söyledikten sonra elindeki fırçayı kaldırıp kamyonun kasasına iki fırça attı, sonra da bana dönüp, "Evlat, peki sen nerede hizmet veriyorsun?" diye sordu. Huang ilçesinde olduğunu söyledim.

"Penglai Garnizonu'nun 34. Alay'ındasın demek?" dedi.

"Genelkurmay Başkanlığı'na bağlı 34. Alay'dayız," dedim.

"34. Alay'ın komutanı Xu'yla ben eski silah arkadaşıyızdır. Ben bölük komutanıyken alayın eğitim subayıydı o," dedi.

"Komutan Xu, bir keresinde bir rapor vermişti bize," diye atıldım heyecanla, "ne kadar harika bir tesadüf bu! Ona bir şey götürmemi ister misiniz? Yarın kışlaya geri dönüyorum."

Hüzünlü bir şekilde şöyle dedi: "O koskocaman bir alay komutanı olmuş, bense kokuşmuş bir kamyon şoförüyüm, ona yaranmaya çalışıyormuşum gibi görünmek istemem." Bunun üzerine bir şeyler söylemek istedim ama kamyonu boyama işine çoktan dönmüştü bile. Ona ne olmuş olduğunu daha önceden duymuştum. Kore Savaşı'ndan döndükten sonra bölük komutanlığına yükselip yüzbaşı olmuştu, önünde sınırsız fırsatlar uzanıyordu ama çoğu genç erkek gibi o da kendini beğenmiş bir gururla "arkasında kuyruğunu, önünde kuşunu kaldırmıştı." İşte, böylece kendi elleriyle mahvetmişti parlak bir geleceği.

Kışlaya gideceğim günün sabahı erkenden kalkıp ilçeye gittim Huang ilçesine giden otobüse bilet almak için, otobüsün kalkmasına daha iki saat vardı. O zamanlar ilçe çok küçüktü, ilçenin güneyindeki kauçuk fabrikasına yürüyerek gitmem sadece yarım saatimi aldı, kapıdaki yaşlı bekçiye Lu Wenli'yi sorunca onun gece vardiyasında çalıştığını söyledi. Hemen ardından da onu neden görmek istediğimi sordu bana. Ben de sınıf arkadaşı olduğumuzu ve aradan geçen onca yıldan sonra nasıl olduğunu görmeye geldiğimi söyledim. Yaşlı bekçi benim Halk Kurtuluş Ordusu'ndan olduğumu görünce, "Gidip onu çağırmamı ister misin?" diye sordu. Ben de teşekkür ettim. "Ben onu ararken benim için kapıya göz kulak ol sen de." Saatime baktım hemen, silah arkadaşlarımdan birinden otuz *yuan*'lık, Zhongshan marka bir kol saati ödünç almıştım yola çıkarken otobüsü kaçırmamak için. Aradan uzun bir süre geçtikten sonra yanında Lu Wenli'yle geri döndü yaşlı bekçi. Omuzlarına kısa bir yağmurluk atmıştı, kırmızı bir eşofman altıyla terlik giyiyordu, saçları darmadağınıktı, gözlerinden uyku akıyor ve durmadan esniyordu. Telaşla öne atılıp adıyla seslendim ona.

Gözleriyle beni baştan aşağıya süzüp soğuk bir tavırla şöyle dedi: "Demek sendin ha, ne diye görmeye geldin beni?"

Birden sonsuz bir utanç duydum yaptığımdan, şöyle geveledim: "Bir şey yok... Kışlaya dönüyordum... Otobüsün kalkmasına daha vakit olduğundan... hazır buraya kadar gelmişken eski sınıf arkadaşımı göreyim dedim... Geçen gün devlet çiftliğine gidip babanı gördüm, bana burada çalıştığını söyledi..."

Birden sabırsızlanarak, "Eğer bittiyse artık uykuma devam etmek istiyorum," dedi. Sonra ardına dönüp yürümeye başladı. Hayal kırıklığına uğramış bir halde sırtına bakakaldım orada.

Kışlaya döndükten sonra iki ay bile olmadan ani bir emirle Baoding Eğitim Taburu'na transfer edildim. Evlenmek için köye döndüğüm sıra bana Zhongshan marka kol saatini ödünç veren ve köylüm olan silah arkadaşım içini çekip şöyle dedi: "Evlilik insana şans getiriyor desene, birkaç güne ben de köye dönüp evleneyim bari." Ben ayrılmadan önce güvenlik birimiyle bizim birim arasında bir basketbol maçı düzenlendi, o gün harika oynadım, bir atış bile kaçırmadım. Hayatımda yaptığım en iyi basketbol maçıydı bu.

10 Eylül'de Pekin'de bir işini halletmeye giden Ma Usta'yla birlikte yola çıktık. Tian Hu, GAZ 52'yle bizi Weifang Tren İstasyonu'na bıraktı. Güle güle GAZ 52, görüşmek üzere. Bir daha görüşemedik ama, son elvedaydı bu. O kamyonu bir daha hiç görmedim, hurdası şimdi nerelerdedir acaba? Lu Wenli'nin babasının GAZ

51'ine gelince, köydekilerin dediğine göre, gerçekten de He Zhiwu tarafından satın alınmış. He Zhiwu, kamyonla anacaddede ve bizim ilkokulun oyun alanında birkaç tur atıp "Lu Wenli'nin babası olma idealini" gerçekleştirdikten sonra arkasında bir toz bulutu bırakıp köyü terk etmiş.

Baoding'e geldikten sonra takım komutanı olarak o yıl liseden daha yeni mezun olup askere katılmış olan öğrencileri eğitmekle görevlendirildim. Eğitimleri iki yıllık bir üniversite programına denk düşüyordu, mezun olduktan sonra 23. kademeden müfreze subayı oluyorlardı. Eğitim yaptıkları dalın çok uzun bir adı vardı; ama işin aslı başlarına birer kulaklık geçirip telgraftan gelen mesajları kâğıda geçirmekten ibaretti.

Bir ay sonra eğitim bitince önce alayın güvenlik biriminde, onun ardından da politik eğitmenin tavsiyesiyle öğrencilere felsefe ve ekonomi politik öğretmekle görevlendirildim. Bu konular hakkında bildiğim hiçbir şey yoktu aslında, "rafa tırmanmaya zorlanan bir ördek"tim tam anlamıyla. İlk başlarda çok zorluk çektim ama birinci dönemin sonunda derslerle baş edebilecek hale geldim yavaş yavaş. Sonra benim şu ahı gitmiş vahı kalmış edebiyat aşkım yeniden alevlenmeye başladı. Bir sürü başarısız girişimden sonra, Baoding'in *Nilüfer Göleti*[1] adlı edebiyat dergisinde ilk öyküm yayımlandı: "Bir İlkbahar Gecesinde Yağan Yağmur". Bunu takip eden baharda da yine aynı dergide "Çirkin Asker" adlı öykümü yayımlatmayı başardım. Kadroların yapması gereken işlerle görevlendirilmiş olan, öğrencilerine dokunaklı bir şekilde ve boğazı yırtılırcasına Marksizmin ilkelerini anlatıp aynı zamanda öykü de yazan sıradan bir asker, kaçınılmaz ola-

1. Derginin Çince ismi *Lian Chi*, bahsi geçen sayısı da Mayıs 1981. (Ç.N.)

rak biraz da olsa dikkatleri üzerine toplayacaktı tabii ki de. 3 Kasım 1981'de kızım geldi dünyaya. Sıra ismini koymaya gelince o zaman Hunan'da çalışan ağabeyim Ailian, "Nilüfer Âşığı" ismini önerdi, bunun birinci nedeni yayımlanan ilk öykümün *Nilüfer Göleti* dergisinde yayımlanmış olmasıydı, ikincisiyse Song Hanedanı'nın meşhur şairi Zhou Dunyi ünlü şiiri "Nilüfer Âşığının Konuşması"ydı. Bu ismi çok bayağı bulmuştum açıkçası, biraz fazla yaygındı, ben de küçük bir bambu flütten esinlenerek Xiaoxiao ismini koydum ona ama okula başlayınca öğretmeni isminin yazımının fazla karışık olduğunu söyleyerek onunla sesteş olan başka bir Xiaoxiao'ya,[1] gülümsemeye çevirdi ismini ve öyle de kaldı daha sonra. 1982 yazında iznimi köyde geçirirken üst makamlardan benim subaylığa yükselebilmem için yönetmeliklerin biraz dışına çıktıklarını bildiren bir haber aldım. Eğitim Taburu'na subay olarak transfer edildiğimi bildiren atama emri belgesi muhtemelen evdeki dosyalarım birinin içinde duruyordur hâlâ. Mektubu eve getirenin babam olduğunu çok net hatırlıyorum. Ona müjdeyi verdiğimde babamın gözlerinde beliren ışık aynı anda hem sıcaklık hem de soğukluk hissi vermişti bana. Hiçbir şey söylemeden çapasını omzuna aldığı gibi tarlaya çalışmaya gitmişti. Babamın bana verdiği tepki komşu köyde oturan yaşlı bir uzak akrabamızın oğlunun terfi aldığında verdiği tepkiyi anımsatmıştı bana: Eline bir gonk alıp bütün köyü dolaşarak şöyle bağırmıştı adamcağız: "Oğlum subay oldu! Oğlum subay oldu!" Babamın verdiği bu şatafatsız tepki onun kişiliği, karakteri ve yaşam tecrübesi hakkında çok şey öğretmişti bana.

1. Tek heceli sözcüklerden oluşan bir dil olan Çincede yüzlerce sesteş hece vardır, bunlar birbirinden tonlamayla ayrılır. Latin harfleriyle yazılışı aynıdır, ama Çin alfabesiyle farklıdır. (Ç.N.)

1984 sonbaharında Halk Kurtuluş Ordusu Güzel Sanatlar Fakültesi'nin Edebiyat Bölümü'nün sınavlarına girdim, çok geçmeden kısa sürede meşhur olan *Havuç* adlı kısa romanım yayımlandı, onun ardından da büyük bir sansasyon yaratan *Kızıl Darı Tarlaları* adlı romanımın ilk bölümü. 1986 yazında köy pazarından sebze alırken komşu köyden Wan adında bir adama rastladım. Beni kolumdan tuttuğu gibi gözlerini kocaman açarak şöyle bağırmaya başladı: "Duyduğuma göre turnayı gözünden vurmuşsun? Romanını bir milyon *yuan*'a sattığını söylüyorlar?" Şimdilerde bir romanı bir milyon *yuan*'a satabilirsiniz ama o zamanlarda böyle bir şey pek olası değildi hani, düpedüz saçmalıyordu yani. Daha ağzımı bile açmama fırsat vermeden tekrar konuşmaya başladı: "Korkmana gerek yok, senden borç istemeyeceğim. Oğlum Amerika'da okumak için sınavı kazandı, şöyle birkaç yıl geçsin hele, yeşil dolarlar nasıl olsa akacak cebimize!"

1987 sonbaharında Zhang Yimou[1], yanında Gong Li[2], Jiang Wen[3] ve diğerleriyle birlikte *Kızıl Darı Tarlaları*'nı filme çekmek için Gaomi'ye geldi, başlarda filmin ismini "9/9 Qingshakou" koymuşlardı, dokuzuncu ayın dokuzunda Qingshakou'da meydana gelen kanlı bir olaydan esinlenerek. Hatta film ekibinin minibüslerinden birinin üzerine kırmızı sprey boyayla "9/9 Qingshakou" bile yazmışlardı. Onlara filmin ismini daha en başından niye *Kızıl Darı Tarlaları* koymayıp da filmi çektikten sonra ismini değiştirdiklerini hiç sormadım, onlar da hiçbir açıklamada bulunmadı. O zamanlar film çekimi biz Gaomi Kuzeydoğu Bucağı sakinleri için yepyeni

1. Filmin yönetmeni. (Ç.N.)

2. Filmde nineyi canlandıran oyuncu. (Ç.N.)

3. Filmde dedeyi canlandıran oyuncu. (Ç.N.)

bir şeydi. Pangu[1] yerle göğü ayırdıktan sonra bir Allah'ın kulu bile gelip de burada film çekmeyi düşünmemişti daha önce. Çekimlere başlamadan önce film ekibini eve yemeğe davet ettim. Zhang Yimou ve Jiang Wen saçlarını kazıtmış ve kolları güneşten kararmış bir halde katıldılar yemeğe. Gong Li üzerinde eski moda, basit bir elbise ve saçlarını köylü kadınlar gibi toplamış olarak geldi, makyajsız haliyle herhangi bir yerde görebileceğiz köylü bir genç kızı andırıyordu. Köylülere göre sinema aktrisleri cennetten düşmüşçesine olağanüstü güzellikte olmalıydılar, Gong Li'yi gördükten sonra büyük hayal kırıklığına uğradılar haliyle. Gong Li'nin on yıl sonra asalet ve zarafet timsali olan, cilveli bakışlara sahip, büyüleyici ve çekici bir uluslararası film yıldızına dönüşeceğini kim düşünebilirdi ki o zaman? Film çekimine başlandığı gün çekim alanında büyük bir izdiham yaşandı, yüzlerce kilometre uzaktaki ilçelerden bisikletiyle gelen halktan makam arabalarıyla gelen ilçe yetkililerine kadar bir sürü insan toplandı. Hepsi büyük umutlarla gelmişlerdi ama daha büyük bir hayal kırıklığıyla geri yollandılar.

Film ekibi ilçe hükümetinin misafirhanesinde kalıyordu, odalarda ne klima ne de tuvalet vardı, o zamanlar ülkedeki misafirhanelerin çoğu bu durumdaydı. O zamanın oyuncuları da şimdikiler gibi değildi ama. Film ekibi ayrıldıktan sonra ilçedeki bir arkadaşım şöyle dedi bana: "Oyuncular çoğumuzun üzerinde iyi bir etki bırakmadılar. Özellikle de dört saat süren bir şehirlerarası telefon görüşmesi yapan Jiang Wen." Telefon görüşmesi için ödeme yapıp yapmadığını sordum. Ödediğini söyledi. "Ödeme yaptıysa sorun ne o zaman?" Şimdilerde kimsenin böyle bir şeyi kafaya takacağını sanmıyorum. Çinlilerin

1. Çin mitolojisindeki hâkim yaratılış mitlerine göre evrenin yaratıcısı, ilk varlık. (Ç.N.)

"herkes bir başkasının işine karışır"dan "herkesin işi kendine"ye geçişi ileriye doğru atılmış büyük bir adımdır aslında. Bir süre önce televizyonda seksenlerin başında "ahlaksızlık" yaptığı gerekçesiyle on yıl hapse mahkûm olmuş bir aktörün kendine verilen cezanın ne kadar haksız olduğundan yakınmasını izledim. Evet, doğrudur, birçok kadınla kendi rızalarına dayalı cinsel ilişkiye girdiğini itiraf da etti ki o zamanlar büyük bir suç sayılıyordu bu ve bütün Çin'de büyük bir sansasyon yaratmıştı, insanların çoğu hak ettiğini bulduğuna inanıyordu onun, verilen cezanın hatalı bir uygulama olduğunu söyleyen bir kişi bile olmadı. O zamanın yargı standartlarını günümüzdeki kadın ve erkek ilişkilerine uygularsak eğer... daha kaç tane hapishaneye ihtiyaç duyarız acaba!

Film ekibinin kim bilir nereden aldıkları o külüstür kamyonu görünce He Zhiwu'nun Lu Wenli'nin babasından satın aldığı o GAZ 51'i hatırladım birden. İkisinin rengi de hemen hemen aynı görünüyordu ama daha yakından bakınca ön kaportasının aynı olmadığını gördüm. Köylülerden duyduğuma göre He Zhiwu şimdi İç Moğolistan'daymış, o GAZ 51 hâlâ hizmet ediyor mudur acaba ona?

6

1988 Ağustos'unda Pekin Normal Üniversitesi'nin Lu Xun[1] Edebiyat Enstitüsü'nün lisansüstü programına katıldım. 1984'te Halk Kurtuluş Ordusu Güzel Sanatlar Fakültesi'nin Edebiyat Bölümü'ne girdiğim zamanki heyecanımla kıyaslayınca pek bir şey ifade etmiyordu bu bana. Halk Kurtuluş Ordusu Güzel Sanatlar Fakültesi'ne kabul edildiğimi bildiren mektubu aldığımda mutluluktan havalara uçmuştum. Bunun ön önemli nedeni sonunda üniversiteye girme hayalimin gerçekleşmiş olmasıydı, diğer bir nedeni de sonunda yazar olma hayalimin de gerçekleşmiş olmasıydı. Yüksek lisansı bitirince yüksek lisans diploması alabilecektim ama çoktan meşhur olmuş bir yazardım artık ve edebiyatın ne demek olduğunu aşağı yukarı çözmüştüm bile, bir yazar için önemli olanın akademik kariyer değil de yazdıklarının gücü olduğunu biliyordum, işte bu yüzden başlarda okula kayıt olmayı düşünmedim hiç. Daha sonra bir arkadaşımın önerisi olaya bakış açımı değiştirdi birden, okula kaydolarak İngilizce öğrenebilirdim, ileride çok işime yarayabilirdi bu. Arka-

1. (1881-1936) 20. yüzyıl Çin edebiyatının en önemli temsilcilerinden biri olan Çinli yazar, şair, eleştirmen ve çevirmendir. Türkçede *Çığlık* adlı öykü kitabıyla bilinir. (Ç.N.)

daşım hiç kuşkusuz çok haklıydı bu konuda. İki aylık sıkı bir çalışmanın sonunda yüzlerce İngilizce kelime öğrendim. Ama çok geçmeden öğrenci ayaklanması[1] patlak verdi ve olaylar gün geçtikçe kızıştığından derslere katılım oranı hızla düşüverdi. İradem zaten zayıftır ve bu olayları da bir bahane olarak kullanıp İngilizce öğrenimimi zihnimin bir köşesine attım hemen. Daha sonraları sık sık yurtdışına davet edildim ve her seferinde hazır fırsatım varken neden İngilizce öğrenmedim diye hayıflandım hep. Birkaç yıl önce İngilizcede kullanılan günlük dile dair basit cümleler ezberlediğim de oldu ama daha sonra bunu da bıraktım. Tek umudum bir gün mucidin birinin çıkıp basit, taşınabilir, hızlı ve doğru tercüme yapabilecek bir cihaz icat etmesi artık, böylece yurtdışı gezilerim daha bir kolaylaşır.

1990 baharında bizim ilçeye geri döndüm, birkaç dökük binayı yıkıp bir ay kadar bir süre içinde dört tane yeni ev yaptırdım. Bu arada okuldan beni acilen geri çağırdıklarını bildiren bir sürü telgraf aldım. Okula gittiğimdeyse yöneticiler okulu kendi rızamla bırakmamı istediler. Hiç düşünmeden kabul ettim hemen. Daha sonra birkaç sınıf arkadaşımın benim yerime konuşması ve Pekin Normal Üniversitesi öğretmenlerinden Profesör Tong'un da desteğiyle okula geri döndüm. Mezuniyet törenimiz Körfez Savaşı'nın ilk gününe denk geldi. Aceleye getirilmiş bir mezuniyet töreni oldu bu, sonrasında ne bir ziyafet ne de balo düzenlendi. Bizim enstitünün sinema bölümünden bir öğrenci üç tekerlekli motosikletiyle yurda bıraktı beni, yurtta kalma gibi bir seçenek olmadığından bir sürü hurdanın atıldığı depoda uyumak yapılabilecek en akıllı hareketti. Depoyu işgal etmiş fare

1. 1989 Tiananmen Meydanı Olayları ya da Tiananmen Katliamı olarak da bilinir. (Ç.N.)

sürüleri yüzünden tüm gece gözüme uyku girmedi. Dişi bir fare bavullarımdan birine yerleşip doğum bile yaptı içinde. Onlarca yıl sonra bile farenin sidik kokusunu alabiliyordum giysilerim ve yatak çarşaflarımın üzerinden. Deponun içinde bir sürü Başkan Mao heykeli vardı, birkaç tanesini alıp kapının ağzına ve yatağımın etrafına yerleştirdim nöbetçilik yapsınlar diye. Birkaç yazar arkadaşım kapıdaki nöbetçileri geçip ziyaretime geldi, Başkan Mao'nun heykellerini nöbetçi olarak kullandığımı gördüklerinde beni Çin'in en yaratıcı dehası ilan ettiler. İki yıl boyunca o depoda yaşadım, daha sonra bizim birim bana iki odalı bir daire ayarlayınca oraya taşındım. Ama sık sık özlemle andım o canlı gibi duran Başkan Mao heykelleriyle geçirdiğim günleri.

1992 baharında biri kapımı çaldı. Kapıyı açınca yıllardır görmediğim He Zhiwu'yu buldum karşımda. Beni nasıl bulduğunu sorunca cevap vermedi, sadece gülmekle yetindi. Ardından da şöyle dedi: "Hiç kimse bir işi olmadan tapınağa gitmez." Ne istediğini sorup elimden geldiğince yardım edebileceğimi söyledim ona. İç Moğolistan'da hükümete bağlı bir taşımacılık ofisinde tam zamanlı ve sendikalı olarak çalıştığını ama şimdi Gaomi'ye dönüp artık iyice yaşlanmış olan anne ve babasıyla ilgilenmek istediğini söyledi. Gaomi kaymakamına bir mektup yazıp ona bizzat kendi elleriyle iletmesini tembihleyerek He Zhiwu'ya verdim. Daha sonra o GAZ 51'e ne olduğunu sorunca gözlerini kocaman açarak şöyle dedi bana: "Bilmiyor musun yoksa? Zhang Yimou'nun film ekibine sattım onu." Jiang Wen ve diğerlerinin üzerine fıçı fıçı darı içkisi istifleyip her an patlamaya hazır bir bomba haline getirdikleri kamyon, Lu Wenli'nin babasının GAZ 51'iymiş meğer. "Ya, gördün mü," dedi, "senin *Kızıl Darı Tarlaları*'na ben de katkıda bulunmuş oldum."

"Ama ön kaportası farklı görünüyordu," dedim.

"Ne kadar da aptalsın," dedi bana, "film ekibindekiler çok akıllı adamlardı, Sovyet yapımı bir kamyonu değiştirmeden Japon kamyonu diye yutturacak halleri yoktu ya? İnsanlar aradaki farkı şıp diye anlardı hemen."

"Peki, kaça sattın?" diye sordum.

"Hurda fiyatına," dedi. "Yıllardır babamın avlusunda boş boş duruyordu, onunla ne yapacağımı da bilmiyordum. Karşıma böyle bir fırsat çıkınca da atladım hemen, muhteşem bir uğurlama oldu onun için."

1993 yılının başlarında Çin yeni yılı kutlamaları için yine Gaomi'ye dönünce bir kez daha karşılaştım He Zhiwu'yla, o gelip buldu beni aslında, atamasının gerçekleştiğini ve şimdi Gaomi'de olan Qingdao ofisinde çalıştığını söyledi. "İşleri nasıl yoluna koyacağını iyi biliyorsun," dedim.

"Her şeyi senin yazdığın mektuba borçluyum," diye karşılık verdi o da.

Sonraki yıllarda sık sık Pekin'e gelip çok pahalı yemekler ısmarladı bana. Görünüşe göre işleri epey yolunda gidiyordu. Pek çok kez Qingdao'ya davet etti beni, dediğine göre Gaomi'yle hiçbir bağlantısı yoktu artık, kendi şirketini açmış, işleri tıkırındaymış, sadece teklifini kabul etmek kalıyordu bana, her şeyi o ayarlayacaktı.

İlkokuldaki sınıf arkadaşlarımızın neler yaptığını anlattı bana bir çırpıda. Sadece arkadaşlarımızın değil öğretmenlerimizin de neler yaptığından haberdardı. Bizim kompozisyon öğretmeni Zhang'ın ilçedeki bir liseden politik eğitmen olarak emekliye ayrıldığını öğrendim ondan, iki oğlundan biri kereste işine girmiş, diğeriyse Chengnan Kasabası Komünist Gençlik Birliği'nin parti sekreteriymiş. Koca Ağızlı Liu Öğretmen'se yükselebileceği kadar yükselip İlçe Milli Eğitim Yönetim Kurulu'nda başkan yardımcısı olmuş, karısı öldükten sonra o sırada dul kalan ve gençliğine yazık etmiş olan Lu Wenli'yle evlenmiş. Lu Wenli'nin ilk kocası ilçenin kodamanlarından birinin oğluymuş, içki, kumar ve sefahate düşkün bir adammış, hatta söylentiye göre sık sık dövermiş de kızı. Sonra bir gün sarhoşken motosikletiyle bir ağaca çarpıp oracıkta ölmüş. Ama benim asıl merak ettiğim şey Lu Wenli'nin nasıl olur da Koca Ağızlı Liu'yla birlikte olduğuydu.

"Çok inanılmaz bir şey bu!" dedim.

He Zhiwu da gülerek şöyle karşılık verdi bana: "Masa tenisi topunu rakibinin ağzına sokmak sence inanılır bir şey mi?" Aslında bu gerçekten de inanılmaz bir şeydi, bundan da anlaşılacağı üzere dünya işleri değişkendir: Kader âşıkları bir araya getirebilir, kaza geliyorum demez, koşullar garip kombinasyonlar yaratabilir, yani tuhaflık hemen her an her yerde bizimle birliktedir ve bu konuda söyleyecek pek bir şey bırakmaz bize.

7

Ağustos 2008'de özellikle He Zhiwu'yu görmek için Qingdao'ya gittim. Daha önce pek çok kez bulunmuştum burada, ya ders vermek ya da toplantılara katılmak için ama her seferinde programım o kadar dolu oluyordu ki onu aramaya fırsatım bile olmuyor, bu da onu mutsuz ediyordu. "Bir kere de sadece benim için gelir misin?" diyordu, "Seninle ben baş başa, üç gün üç gece konuşuruz, sana anlatmak istediğim o kadar çok şey var ki, hem de ilham garantili, hemen ardından çok iyi bir romana başlayabilirsin. Yıllar önce bana on *yuan* borç vermiştin ya, ben de şimdi sana romanın için malzeme vererek ödeyeceğim o borcu!"

Haiquan İmparatorluk Oteli'nde denize bakan ve dalgaların sesini duyabileceğiz kadar sahile yakın olan lüks bir süit ayarlamıştı bana. Daha kıçımı yeni yere koymuştum ki otuz yıldır başından geçenleri anlatmaya başlamıştı bile. Üç gün boyunca ister karşılıklı oturur-muş içki içiyor, istersek de sahilde yürüyüş yapıyor olalım ağzı neredeyse hiç kapanmadı. Sipariş ettiği tanrılara yakışır yiyeceklerin hepsini neredeyse kendi başıma yedim. "Biraz da sen yesene," diyordum, "bu kadar pahalı şeyleri yemezsen yazık edeceksin."

"Sen ye," diyordu hep, "ben de üç büyüğün hepsinden var, kolesterol, tansiyon ve kan şekeri, bu yüzden yiyemem bunların hiçbirini." İçki ve sigara içerek durmadan konuşuyordu ama. Şoförüne üç gün izin verip arabayı kendi kullanarak sahile gezmeye götürdü beni.

"O kadar içki içtikten sonra araba kullanman doğru olur mu?" diye sordum.

"Endişelenme," dedi, "Wu Song[1] gibiyimdir ben, içtikçe daha iyi iş görürüm."

"Ama polisin bundan haberi yok," dedim.

Gülerek şöyle dedi: "Beni tutuklamakla ilgileneceklerini sanmıyorum." Direksiyon başında bile durmadan konuşuyordu, bir yandan konuşuyor, bir yandan da elleriyle çeşitli jestler yapıyordu.

"Be adam, dikkatini araba kullanmaya versene," dedim.

"Sorun yok," dedi, "Otuz yıldan fazladır araba kullanıyorum ben, şu koltuğa oturduğum an araba da vücudumun bir parçası oluyor hemen. Ama asıl şoför Lu Tiangong'du, bir gün köyün arkasındaki o küçük taş köprüden o kocaman GAZ 51'le geçerken ayağını gaz pedalından çekmedi bile." Tam Lu Tiangong'un kim olduğunu soracaktım ki birden çıkardım onun kim olduğunu, böylece He Zhiwu'yla aramdaki boşluğun da farkına varmış oldum birden.

"Bana verdiğin on *yuan*'la tren istasyonuna gidip bir *yuan* iki *fen*'e Weifang'a giden banliyö trenine bilet aldım. Tren Qingdao'la Shenyang arasında çalışıyordu. Bileti Weifang'a kadar almama rağmen Shenyang'a kadar inmedim trenden. Trende çok sıkı bir bilet kontrolü vardı, her vagonun başında iki polis duruyordu biletsizleri içeri almamak için. Eğer yakalanırsan trenden aşağı atı-

1. Dört büyük klasik Çin romanından biri olan *Bataklık Kaçkınları*'ndan bir karakterin adı. (Ç.N.)

yorlardı seni, bazen dayak attıkları da olurmuş. Karşımda Halk Kurtuluş Ordusu'ndan bir asker oturuyordu, kolunda siyah bir matem pazubendi vardı, hani ana babanı kaybettiğinde takılanlardan. Bildiğin gibi Wang Gui Dede'yle yüz falı çalışmışlığım var," –aslında bundan bihaberdim ya neyse– "neyse işte, bu yeni tanışla sohbete koyuldum hemen, konuştukça daha da yakınlaştık, daha yeni kaybettiği babasının benim yakın arkadaşım olduğunu söylediğimde hemen inandı bana. Ben de şöyle dedim: 'Kardeşim, ağabeyinin bir sıkıntısı var, bana yardımcı olabileceğini sanıyorum.' İşte o asker cebinden Shenyang'a kesilmiş bir bilet çıkarıp bana uzatırken, 'Al bunu kullan,' diye fısıldadı, 'işin bitince de benim çay fincanımın altına sıkıştırıverirsin, olur biter.' Sonra kondüktörün geldiğini görünce garsonun elindeki çaydanlığı alıp neşeli bir tavırla yolculara çay doldurmaya başladı. Vagondaki herkes onun Lei Feng'in[1] canlı bir örneği olduğunu söylediler hep bir ağızdan. Halk Kurtuluş Ordusu askerleri hiyerarşinin en tepesindeydiler o zaman, işte onun yardımıyla Shenyang'a sorunsuzca vardım. Askerlere hâlâ minnet duyarım o yüzden. Büyük kızım Kuzey Denizi Filosu'ndan bir nükleer denizaltı kaptanıyla evlendi, küçük kızım da denizaltının politik komiserine âşık oldu. Seçimlerini yürekten destekliyorum. Kızlarımın o denizaltının kaptanı ve politik komiseriyle evlenmeleri demek denizaltını bizim ailenin kontrol etmesi demek." Ha ha ha ha, diye deli gibi gülmeye başladı yüksek sesle, bunu söyledikten sonra. "Karımın kökeni geçen yüzyılın başlarında Bolşevikler tarafından ülkeden kovulan Beyaz Ruslara uzanıyor, safkan Rus ama Çin'de doğup büyüdüğünden Çin vatandaşı sayılır. 1979'da zengin bir adam

1. Lei Feng (1940-1962): Halk Kurtuluş Ordusu'nda kendini Komünist Parti'ye ve Mao Zedong'a adamış, fedakâr ve mütevazı bir asker. (Ç.N.)

olmuştum çoktan, bankada tam otuz sekiz bin *yuan*'ım vardı. Her zaman cesur bir adam olmuşumdur, maceraya atılmayı severim ama maceraya atılmadan önce araştırmamı da yaparım. 1978'in sonunda herkesin katıldığı büyük genel kurul toplantısından sonra kırsal reform başlayınca halk komünü dağıldı ve topraklar sözleşmelerle dağıtılmaya başlandı. Aklıma gelen ilk şey yeniden toprak sahibi olan köylülerin en çok ihtiyaç duyacakları şeyin at ve sığır gibi çiftlik hayvanları olduğu oldu. O sıralar besili bir atı dört yüz *yuan*'a satın alabiliyordun İç Moğolistan'da, atı Çin Seddi'nin[1] içinde kalan topraklara getirdin mi bin *yuan* ediyordu fiyatı. İki yaşında bir boğanın ederi sadece iki yüz *yuan*'dı ama bir kere setten geçmeye görsün en azından altı yüz *yuan* ediyordu. O zamanlar ilçede bir fotoğrafçı dükkânım vardı, işler de tıkırında gidiyordu hani. Dükkânı on bin *yuan*'a satıp otuz tane at aldım. Bir de atlara göz kulak olabilecek bir çoban bulup atları setin içine sürdürdüm. Hebei'ye vardığımızda hem atlar hem de biz yorgun düşmüştük, atlar için yem bulmak da zorlaşmıştı iyice. Tam kaşlarımı çatmış düşünürken aklıma bir fikir geldi. Atları Xuanhua ilçe hükümet binasının o büyük avlusuna sürdüm hemen. Kaymakamın yanına çıkıp İç Moğolistanlı bir at bakıcısı olduğumu, tarlaların sürülmek için köylülere tahsis edildiğini duyduğumu, hasat zamanının yakın olduğunu ve bu yüzden köylülerin çiftlik hayvanı sıkıntısı çektiğini bildiğimi ve otuz atımı onlara vermek istediğimi söyledim. Hem de hibe edeceğimi söyledim o otuz atı. Kaymakamın adı Bai'ydi, şaşkınlıktan gözleri yuvalarında dönüyordu. Gerçekten de hibe edeceğimi, tek kuruş istemediğimi belirttim yine. Kaymakam bir koşu avluya

1. Hebei eyaletinin içinde yer alan, Pekin'in 300 kilometre kuzeyinde kalan ve Çin Seddi'nin önemli geçitlerinden biri sayılan Shanhai Geçidi'ni kastediyor. (Ç.N.)

gidip o güzelim atlara bakarak şöyle dedi: 'Atları öyle tek kuruş ödemeden kabul edemem, şöyle yapalım, at başına sekiz yüz *yuan* vereyim sana.' 'Bu kadar fazla parayı kabul edemem,' dedim, 'en iyisi at başına altı yüz *yuan*'a anlaşalım, eğer daha fazla ata ihtiyacınız varsa İç Moğolistan'a geri dönüp yüz tane daha getireyim hemen. Yanımda birini de gönderebilirsiniz. Satın almada yardımcı olurum size.' İşte böyle oldu, o bahar bir at tüccarına dönüştüm, tam otuz sekiz bin *yuan* kazandım. Kaymakam Bai'yle –şimdi vali yardımcısı oldu– çok sıkı dost olduk sonra. İnsanın parası olunca bir ev alıp aile kurmak istiyor tabii. Köye geri dönüp gençlik hayalimi gerçekleştirmeyi düşünüyordum. Senden saklamama gerek yok, çocukluğumdan beri Lu Wenli'ye âşıktım. Babasının kamyonunu satın alarak ona bir hediye vermek istedim, sonra da onu kamyona atıp İç Moğolistan'a götürecektim, büyük işler başaracaktık orada, çok para kazanacaktık. Devlet çiftliğinin de sözleşmeye geçtiğini duymuştum bir yerlerden, kamyonun sahibi de Lu Taingong'muş artık. Ben de ona bir telgraf çekip kamyon için sekiz bin *yuan* teklif ettim hemen, nereden baksan çok yüksek bir fiyattı bu, o paraya Nanjing'de yapılmış Büyük Atılım marka, NJ130 serisinden gıcır gıcır bir kamyon alabilirdim, o seriyi yaparken GAZ 51'i model almışlardı. O bizim külüstür kamyonun ederi de taş çatlasa iki bin *yuan*'dı. Lu Tiangong'a sekiz bin *yuan*'ı verirken o külüstür kamyon için bu kadar çok para vermemin aslında gizli bir nedeni olduğunu ve parayı hediye olarak görmesini söyledim ona. Xiang Zhuang'ın Liu Bang'ı[1] öldürmeye çalışırken kılıcıyla dans ediyormuş gibi yapmasına benziyordu yani planım."

1. Han Hanedanı'nın kurucusu ve ilk hükümdarı. (Ç.N.)

"Kamyonu satın almadaki amacın Lu Wenli'yi elde etmekmiş meğer," dedim.

Epey güldü buna. Lu Tiangong da gülmüş. Şöyle demiş bizimkine: "He Zhiwu, bunu tahmin etmiştim zaten, yumuşak karnını gizleyemezsin benden. Gelgelelim evlilik büyük bir mesele, kızımızın kendi bileceği iş, ana babası olarak söz düşmez bize. Eğer kızımla evlenmeyi aklına koyduysan gidip ona sormalısın bunu. Ama sana şunu söyleyeyim genç adam, bu işi olmuş bitmiş olarak görme sakın. Parti Sekreteri Yardımcısı Wang'ın oğlu göz koymuş bizim Wenli'ye, dürüst olmak gerekirse hiç hoşlanmıyorum o ufaklıktan, hırsızın biri olduğu bir bakışta anlaşılıyor. Ama parti sekreteri yardımcısının oğlu bir kere, eğer Lu Wenli'nin de gönlü varsa anasıyla benim bunu kabullenmekten başka yapabileceğimiz bir şey yok. İleride ne olur bilmiyorum ama parti sekreteri yardımcısıyla akraba olmamızın keyfini süreriz bizler de gittiği yere kadar."

He Zhiwu daha sonra yeni GAZ 51'iyle köyde birkaç tur atıp caka sattığını söyledi. "Ne yapabilirdim ki, hem genç hem de aptaldım! Sonra ilçeye sürdüm kamyonu. Araba kullanmayı ne zaman öğrendiğimi sormuştun ya daha önce, 1976'da tuğla fabrikasında yükleyici olarak çalışırken Xu adında ihtiyar bir kamyon şoförü öğretmişti. Köydeyken Lu Wenli'nin babasının kamyonu sürerkenki hali çok havalı geliyordu bana, aslında kamyon sürmek çocuk oyuncağı gibi bir şey, bir sigara içimi sürede öğrenebilirsin. Kamyonu kauçuk fabrikasının kapısına kadar sürdüm, Lu Wenli'yle konuşmak istiyordum ama kapıdaki yaşlı bekçi onun postaneye transfer edildiğini söyledi bana. Ağzı bozuk bir adamdı bu bekçi, parti sekreteri yardımcısının oğlunun karısının nasıl olur da böylesine boğucu ve leş gibi kokan bir kauçuk fabrikasında çalıştığını aklı almıyordu bir türlü. Hemen postaneye sürdüm kamyonu tabii, kamyondan inince postanenin yanındaki hani şu her şeyin satıldığı dükkânların birinden bir çift gıcır gıcır deri ayakkabı alıp hemen oracıkta giyiverdim. Yeni ayakkabılarla yürümek çok zordu tabii, birden sokaktaki herkesin ayaklarıma baktığı hissine kapıldım. Postaneye girer girmez gördüm onu, pul satılan bankonun arkasına oturmuş, orta yaşlı bir kadınla muhabbet ediyordu. Önüne gidip şöyle dedim: 'Lu Wenli, ben senin ilkokuldan sınıf arkadaşın He Zhiwu'yum, beni baban gönderdi buraya.' Bir anlık şaşkınlıktan sonra, 'Ee, ne diye geldin bakalım?' diye sordu soğuk soğuk. Dışarıya, yolun karşısına, park ettiğim kamyonu işaret edip, 'Bu, babanın kamyonu,' dedim, 'buraya gelip seni almamı istedi benden.' 'Çalışıyorum ama!' dedi. 'Olsun,' dedim, 'ben kamyonda beklerim seni.' Sonra kamyona binip bir sigara yaktım ve onu beklemeye başladım. O zamanlar hiç de bakılır bir yanı yoktu ilçenin, köhne mi köhne, en yüksek bina da ilçe hükümetinin o üç katlı binasıydı. Kamyonun içinde oturmuş binanın çatısındaki kırmızı bayrakla arkasındaki pagoda şeklindeki çam ağaçlarını izlerken içimi hüzün kapladı birden. Daha sigara içmeyi bitirmemiştim ki Lu Wenli geldi koşarak. Kapıyı açıp kamyona binmesine yardım ettim. Hiçbir şey sormadım ona, motoru çalıştırdığım gibi gaza bastım. 'Tanrı aşkına neler olduğunu açıklar mısın bana?' diye sordu. Onu duymazdan gelip gazı iyice kökledim, bir yandan da göz ucuyla onu izliyordum. Kollarını omuzlarına dolayıp ıslık çalmaya başladı. Daha önce onu bu halde görmemiştim hiç ve hoşuma da gitmişti hani. Kadınlar on sekizinden sonra değişir dememişler boşuna. İlçenin dışına çıktığımızda kamyonu Birinci Lise'nin oyun alanının yakınındaki boş bir araziye çektim. Peki, kamyonu neden orada durdurmuştum ki? Çünkü ilçede yapılan kadınlar masa tenisi turnuvasını orada kazanmıştı. Başımı çevirip ona bakmaya başladım. Gerçekten de çok güzeldi. Birazdan bir şeyler olacağını hissetmiş olacak, hem tetikte duruyor hem de çok sinirli görünüyordu. 'Ne yaptığını sanıyorsun sen?' Lafı dolandıracak halim yoktu, direkt daldım konuya: 'Lu Wenli, seni ilkokuldan beri seviyorum, sınıftan yuvarlanarak çıktığım o gün kendime bir söz vermiştim, eğer bir gün büyük bir adam olursam geri dönüp seni karım yapacağıma dair!' 'Sen oradayken,' dedim sonra –elimle lisenin ofisini işaret ederek– Kurtuluş'tan önce kiliseydi orası, sonra da masa tenisi turnuvasının düzenlendiği yer oldu – 'işte sen turnuva şampiyonu olduğun zaman kendime bir söz verdim bir gün büyük bir adam olduğumda seninle evleneceğim diye.' Ağzını hafifçe büzerek, 'Demek öyle,' dedi, 'oldun mu bari? Bir şeyler becerebildin mi bu hayatta?' 'Öyle de denilebilir,' dedim. 'Ayda ne kadar kazanıyorsun?' diye sordum sonra. Cevap vermedi. 'Sen söylemesen de biliyorum ben,' dedim. 'Ayda otuz *yuan* kazanıyorsun, yılda da üç yüz altmış *yuan* eder bu. Ben İç Moğolistan'dan getirdiğim çiftlik hayvanlarını satarak otuz sekiz bin *yuan* kazandım. Senin yüz yıllık maaşına denk geliyor bu. Babanın o külüstür kamyonuna tam sekiz bin *yuan* saydım, böylece ananla baban yaşlandıklarında her ihtiyaçlarını alabilecekler ve senin onlar için endişelenmene de gerek kalmayacak. Benim orada bir sürü arkadaşım var, her şey ayarlandı, bu otuz bin *yuan*'lık sermayeyle birkaç yıla varmaz, ben, yo, hayır, biz, biz de o zenginler sınıfına katılabiliriz artık, biz de milyoner olabiliriz! Sana sözüm olsun: Bir, sonsuza kadar para sıkıntısı çekmeyeceksin; iki, sonsuza kadar iyi davranacağım sana.' Yine aynı soğuk ses tonuyla şöyle dedi bana: 'Gerçekten de çok yazık oldu, He Zhiwu, ben çoktan nişanlandım bile.' 'Nişanlanmak evlenmek sayılmaz ki,' dedim, 'hem evlenmiş olsan bile boşanma diye bir şey var.' 'Sen nasıl laftan anlamaz bir adamsın öyle?' dedi, 'Hangi hakla hayatıma müdahale edebileceğini sanıyorsun? Babamın o külüstür kamyonunu satın aldın diye mi, ha? Yoksa otuz bin *yuan*'ına mı güveniyorsun?' 'Lu Wenli,' dedim, 'seni sevdiğimden kendini ateşin içine atmana izin veremem. Etrafta iyice soruşturdum, o Wang Jianjun dedikleri adam haydudun biri, ilgi alanı da genç kızlarla oynamak...' 'He Zhiwu,' diyerek kesti sözümü, 'böyle konuşmanın ne kadar alçakça olduğunu bilmiyor musun?' 'Ben burada seni kurtarmaya çalışıyorum, bunun neresinin alçakça olduğunu düşünüyorsun?' dedim. 'Beni düşündüğün için çok teşekkür ederim!' dedi, 'Bak, seninle aramda ne bir yakınlık ne de bir düşmanlık var, kendi kararımı kendim veririm ben. Senin hiç hakkın yok işime karışmaya!' 'Bu konuyu biraz daha düşüneceğini umuyorum,' dedim. 'He Zhiwu,' dedi, 'sadece buradan çekip gitmeni istiyorum senden, tamam mı? Eğer Wang Jianjun bunu duyarsa hemen birini gönderip öldüresiye dövdürür seni.' Gülerek şöyle dedim: 'Umarım haberi olur bundan, git sen söyle bari.' Kapıyı açıp kamyondan aşağıya atladıktan sonra, 'He Zhiwu, artık paran var diye kim olduğunu unutma sakın. Sana bir diyeceğim var, para her şey değildir!' dedi. Sonra arkasını dönüp ilçeye doğru yürümeye koyuldu. Arkasından bakarken şöyle düşünüyordum: 'Para her şey değildir ama parasız da hiçbir şey yapamazsın. Kendine iyi bak, Lu Wenli.' Sonra eve döndüm, avlunun bir duvarını yıktım Lu Wenli'nin babasının kamyonunu içeri sokmak için, kamyonun üzerini bir muşambayla örtüp duvarı onardıktan sonra babama ona iyi bakmasını tembihledim. 'Kamyona mı bakayım?' diye sövdü babam öfkeyle, 'Kanatlanıp uçacak hali yok ya bu meretin?' Ona kamyona uzun uzun bakmasını söyledim, bu kamyon bir gün işimize yarayacaktı. Anne ve babamın bir eksiğinin olmadığını gördükten sonra iki erkek kardeşimle birlikte İç Moğolistan'a döndüm. Benimle birlikte bir sürü işe bulaştılar, kereste, çelik, çiftlik hayvanı ve kaşmir alım satımı yaptık orada, cebimize su gibi para akıyordu. Hem cesur hem de sağduyuluydum. Şimdi sana ne kadar cesur olduğumu kanıtlayan küçük bir hikâye anlatacağım:

O zamanlar kaşmir satışı yasadışıydı ama kaşmiri bir kere içeri soktun mu on binlerce *yuan* kazanabilirdin. Hükümet geçitlere kontrol noktaları koymuştu. Birbirinin aynı olan iki kamyon aldım, öndekini pamuklu kumaşla, arkadakiniyse kaşmirle doldurdum. Kamyonların üzerlerini de brandayla kapladım. Kontrol noktasının yakınına gelince kaşmir yüklü kamyonu durdurup önce pamuklu kumaş yüklü olanı gönderdim kontrol etmeleri için. Kamyon aranırken memurlara sigara uzatıp birkaç şişe içki hediye ettim, istedikleri bir şey varsa gelecek sefer dönerken getireceğime söz verdim, arama bittikten sonra kamyon sorunsuz bir şekilde geçti sınırdan. Biraz bekledikten sonra kamyonu geri sürüp memurlara yedek tekerimi bulamadığımı, yolda bir yerde kaybetmiş olacağımı söyledim. Kaşmir yüklü kamyonun yanına gelince pamuklu kumaş yüklü olanından atlayıp ona bindim hemen, memurlara da lastiği bulduğumu söyledim, kamyonu daha az önce aradıklarından lafını bile etmediler bu kez. İşte böylece saman altından su yürütür gibi iki kardeşimle birlikte bütün bir baharı kırk ton kaşmir satarak geçirdik, karşılığında da temizinden tam dört yüz bin *yuan* kazandım.

Param çoğaldıkça arkadaşlarım da artıyordu tabii. Sonra kardeşlerime oturma izni çıkartıp yerel bir taşımacılık şirketinde iş ayarladım hemen. O zamanlar oturma izni ve düzgün bir iş gibi şeylere körü körüne inanıyorduk hâlâ. 1982'de yine köye dönüp annemle babama yeni bir ev yaptırdım. Eski ev hâlâ yerinde duruyordu, kamyon da öyle ama, üzerine örttüğüm muşambanın çürümüş olduğunu görünce yenisiyle değiştiriverdim. Babamın artık bana sövecek cesareti kalmamıştı. 'He Zhiwu çok cömert bir adam,' dedi anneme, 'ne yaparsa yapsın işine karışmamalıyız artık.' Çoktandır Wang Jianjun'le evli olmasına rağmen umudu hâlâ kesmemiştim Lu Wenli'den, hayatının da epey yolunda gittiğini söylüyordu insanlar. 'Madem öyle dedim, artık benim de evlenme zamanım geldi.'

Evlenmek istediğimi duyan çöpçatanlar ânında çalmaya başladı kapımı, bana yamamaya çalıştıkları kızların hepsinin eli yüzü düzgündü. Ama hepsini geri çevirdim. Sonra kızın biri tek başına gelip kapıyı çaldı. Bu kapıyı kendi çalan kız kimdi biliyor musun? Senin yengen olacak, Julia'ydı tabii. O zamanlar İç Moğolistan'ın sancaklarından[1] birinde çiftlik hayvanları istasyonunda çalışıyordu, Çifte Ölüm diye de lakap takmışlardı ona. Arkadan bakınca öyle güzel görünüyordu ki insanın ağzının suyu akıyordu o öldürücü güzellikten; ama önden bakınca, hele o çopur yüzüyle karşılaşınca, korkudan ölecek gibi oluyordun. 'He Ağabey,' dedi bana, 'neden evlenmek istiyorsun?' Biraz düşündükten sonra şöyle dedim: 'Birincisi bana çocuk doğuracak bir kadın istiyorum, ikincisiyse çamaşırlarımı yıkayıp yemek yapacak.' 'O zaman beni al,' dedi. Yine düşünmeye başladım, biraz düşündükten sonra elimi kalçama sertçe vurup, 'Tamam, seni seçtim!' dedim, 'Hadi gidip kaydımızı yaptıralım!' Yengenle evlenmem sancağı bir güzel salladı tabii. Bir düşünsene, sancağın en zengin adamı He Zhiwu evlenmek için yüzü çiçekbozuğu olan bir kadını seçiyor. Çoğu anlamadı bunu tabii, elbette anlayamazlardı. Sen anladın mı peki? Anlayacaksın elbet. Bekle de gör hele, peri kızı gibi güzel o kız

1. İç Moğolistan'da ilçeye denk gelir. Çincesinde bayrak diye geçiyor. (Ç.N.)

yeğenlerinle futbol takımının en parlak yıldızı olan o erkek yeğenini görür görmez şıp diye anlayacaksın zaten. Yengenin eli ayağı düzgün, vücudu orantılı, tek kusuru yüzündeki çiçekbozuğu. Çiçekbozuğu kalıtsal değil ama onun o Beyaz Rus genleriyle muhteşem vücudu öyle. Eğer Han soyundan Çinli bir kadınla evlenseydim sadece tek çocuk yapmamıza izin vardı ama bir Beyaz Rus'la evlendiğim için yasal olarak iki tanesine izin verdiler, biraz daha çalışıp dişimizi sıkınca üçüncüsüne de izin verdiler haliyle. Şimdi anladın mı bari nükleer denizaltılarımızdan birinin iki yeğenin tarafından nasıl 'esir' alındığını! Melezler güzellikte bir numara, çok da soylu oluyorlar, bir benzeri yok! Sonunda şunu anladım ben, bir erkek eğer sevdiği kadınla evlenemezse o zaman kendine en çok yararı getirecek kadınla evlenmeli. Julia, benim için işte böyle bir kadın.

Doksanlı yıllara girdikten sonra eğer daha büyük bir servet yapmak istiyorsam sahil şeridinde bir yere gitmem gerektiğini düşündüm. İşte o yüzden Pekin'e senin yanına geldim, beni doğduğum topraklara geri göndermen için yardım istedim senden, o iş halloldüktan sonra da ver elini Qingdao'ya. Yengen başlarda İç Moğolistan'daki evi bırakmak istemedi, Qingdao'da onun için çok katlı bir bina dikeceğimi söyledim ona!"

He Zhiwu uzaktaki süt beyazı, kocaman bir evi işaret ederek, "İşte şu," dedi, "kendi ellerimle yaptım." Sonra bana Qingdao'da gerçekleştirdiği bir sürü büyük girişimden bahsetti, dinler dinlemez hepsini unuttum ama. Büyük paraların harcanması, birtakım dostluklar, küçük kazıklar ve kolay kazanılan büyük paralar falan filan.

"He Zhiwu, hâlâ hatırlıyor musun?" dedim. "Hani Kültür Devrimi'nin başlarında küçük bir parodi koymuştuk sahneye. Zhang Öğretmen'in o eski püskü ceketini giymiştim ben, içine de basketbol topu sokup karnımı büyütmüştük Sovyetler Birliği'nden Kruşçev'i taklit etmek için, senin saçına da pudra sürmüştük, 'Çin'in Kruşçev'i' Liu Shaoqi'yi oynaman için. Şarkının sözleri de şöyleydi galiba: 'Yaşlı Nikita'yla Genç Shaoli çıktılar aynı sahneye şakımaya.' Sonra ben şöyle diyordum: 'Patatesler pişti, et atın biraz da.' Sonra sen şöyle diyordun: 'Yedin mi küçük kazıkları, büyük kazançlar kapında.'

Biraz düşündükten sonra şöyle dedi He Zhiwu: "Aslında tam anlamıyla öyle değil. Daha çok büyük kazıklar yediğimi söyleyebilirim, hem de elime küçük kazançlar bile geçmeden."

"Lu Wenli'nin babasının GAZ 51'inden mi bahsediyorsun?" diye sordum.

"Nasıl bu kadar kaba bir adam olabiliyorsun?" dedi, "Hiçbir işe maliyet analizi yapmadan girişmem ben, hayatta maliyet analizi yapmadan bulaştığım tek şey Lu Wenli oldu."

"Kocası öldükten sonra onu görmeye gitmedin mi?" diye sordum.

"Lu Wenli'nin kocası 1993'te bir trafik kazasında öldü. Ben o sırada Qingdao'da XX'in metresiyle çelik işine ortak olmuştum. XX denen o bayrak direğinin gölgesi sayesinde Qingdao'daki bütün inşaat projelerinin çelik ihtiyacının karşılanmasını tekelimize almıştık. Lu Wenli'nin dul kaldığı haberi kalbimde bir hareketlenmeye yol açtı haliyle. Durumu yengene de anlattım hemen. Yengen büyük bir cömertlik gösterip, 'Onu alıp eve getir o zaman,' dedi, 'nikâhlı karın olmasına da razıyım, metresin olmasına da.' Daha ben onu görmeye gitmeden o gelip buldu beni. Üzerinde siyah bir etek vardı, bir çift beyaz eldiven giymiş ve aşırı makyaj yapmıştı, orta yaşlarına gelmesine rağmen çekiciliğini koruyordu hâlâ. Beni görür görmez ilk söylediği şey şu oldu: 'He Zhiwu, çok zor şartlardan çıktım, kaynar kazandan yeni kurtuldum ben.' Ben de lafı dolandırmadım. 'Nikâhlı karım mı olmak istiyorsun yoksa metresim mi?' diye sordum hemen. O da lafı uzatmadı, direkt söyledi istediğini: 'Tabii ki karın olmak istiyorum.' 'O iş biraz meşakkatli,' dedim, 'iyisi mi metresim ol sen benim, sana deniz kenarında bir ev satın alıp bütün giderlerini karşılarım.' 'O zaman sana daha fazla zahmet vermeyeyim,' dedi mahzun bir gülümsemeyle. Çok geçmeden Koca Ağızlı Liu Öğretmen'le evlendiği haberini aldım sonra. O gün iki şişe içkiyle iki paket sigara alıp Jiao Nehri Devlet Çiftliği'nin önündeki o boş araziye sürdüm arabamı bir başıma, işte orada Lu Wenli'nin babasına, kızına olan aşkımı anlattım. Bir yandan içki ve sigara içiyor, bir yandan da düşünüyordum. Kendimi her zaman insanları okuyabilen, içlerinden geçenleri görebilen biri olarak görmüştüm ama aslında sadece insanları kendi erdemlerimle yargılayan aşağılık bir adammışım. Başkalarının içinden geçenleri görebilmemin asıl nedeni de tanıdığım insanların çoğunun benim gibi aşağılık olmasıydı ama Lu Wenli bir istisnaydı, doğru düzgün bir kadındı o."

Qingdao'dan ayrılmadan bir gün önce He Zhiwu, evine akşam yemeğine götürdü beni. Karısı deniz ürünlü Çin mantısı sarmış, bir de Gaomi usulü sarmısak ezmesi yapmıştı. Bu sıcak kalpli ve aşırı kilolu kadını görür görmez onun ne kadar iyi bir eş ve ne kadar sevecen bir anne olduğunu hemen anlıyordunuz. Tam da yarı sarhoş olduğumuz zaman He Zhiwu ayağa kalkıp ışıkları söndürdükten sonra bana mutfak penceresine bakmamı söyledi, camın üzerinde altın gibi parlayan, dışı yuvarlak, içinde kare şeklinde bir delik olan bir dizi bakır sikkenin yansıması vardı. Bu yansımanın nereden geldiğini sordum hemen. "Bilmiyorum," dedi, "o kadar araştırmış olmama rağmen yerini hâlâ tespit edemedim. Sahilde bundan daha büyük birkaç ev olmasına rağmen buradan gitmek istemiyorum, burayı korumak istiyorum." "Paragöz", az kalsın bu üç heceli sözcüğü kaçıracaktım ağzımdan ama son anda tutum kendimi. Onun gibi işadamları ne kadar çok para kazanırlarsa o kadar batıl inançlı olurlar, güzel şeyler duymak isterler hep, uğursuz sözcüklerden itinayla kaçınırlar. Ben de "paragöz" yerine "zenginlik tanrısının hamisi" deyiverdim. Son derece mesut bir sesle şöyle dedi: "Sadece büyük bir yazar böylesine mükemmel bir metafor kullanabilir."

Pekin'e döndükten sonra He Zhiwu'dan Longkou'da deniz kenarında boş bir arazi gördüğünü ve gayrimenkul işine girmek istediğini bildiren bir telefon aldım. Yanına gidip gidemeyeceğimi sordu. "Burada Arazi Yönetim Bürosu'nu yöneten arkadaş, hani sen orduya daha yeni katılmışken Huang ilçesindeki çalışma istasyonunda senin şefin olan Zuo'nun oğlu, Zuo Lian. Senin adını andığımda gözleri parladı çocuğun, dediğine göre senin gözünün önünde büyümüş." Kısa süren bir tereddütten sonra bir bahane uydurup gelemeyeceğimi söyledim.

8

Bu yılın mayıs ayında Gaomi Kültür Bürosu ve Gaomi Radyo ve Televizyonu ortaklaşa olarak cumhuriyet tarihinde ilk kez bir Maoqiang Yarışması düzenledi, Kültür Bürosu'nun şefi Lu bizzat kendi Pekin'e kadar gelip yarışmada hakemlik yapmamı istedi benden, böylesine içten bir teklifi reddetmek o kadar zordu ki daha duyar duymaz kabul ettim. Gaomi'nin Maoqiang Kumpanyası üç yıl önce kültürel miras listesine alınmıştı. Bu kültürel mirasın haleflerini yetiştirmek için ilçe parti komitesi ve ilçe hükümeti, Maoqiang Gençlik Topluluğu adında bir eğitim sınıfı açtı, kırk ilkokul öğrencisi eğitim için Weifang Güzel Sanatlar Akademisi'ne gönderildi, mezun olunca işleri de hazır olacaktı. Bu Maoqiang Yarışması büyük bir heyecanla karışılandı, yarışmanın televizyonda yapılacağının duyulmasıyla olacak, beş yüzden fazla kişi başvuruda bulundu. İlçe hükümetinin misafirhanesinde kalırken her gün bir sürü tanıdık, arkadaş ve akrabanın kendi çocuklarının Maoqiang Gençlik Topluluğu'na girmesine yardımcı olmam için ziyaretime gelmesi çok geçmeden sinir bozucu bir hal aldı. İlçedeki edebiyatçılarla birlikte Maoqiang Topluluğu için yeni oyunlar yazmak zorunda olduğumdan Pekin'e geri de dönemiyordum, sonunda Şef Lu bana otelin birinde başka bir oda ayarladı da kurtuldum bu sıkıntıdan. Ama nereden bilecektim ki daha odaya adımımı atar atmaz cep telefonuma şöyle bir mesajın geleceğini: "Sevgili sınıf arkadaşım, muhtemelen beni çoktan unutmuş olmalısın, Lu Wenli ben. Kaldığın otelin resepsiyonundayım şimdi, aşağı gelip görüşebilir misin benimle? Sadece beş dakikanı alacağım."

Otelin barına oturduk, garson sipariş almaya geldi. Ne içmek istediğini sordum ona. "İçki var mı?" diye sordu. Çok şaşırmıştım.

"Tabii ki," dedi garson gülümseyerek, "ne içmek istersiniz?"

"İçki olsun da ne olduğu fark etmez," dedi. Garson gülümseyerek bana baktı.

"Birer kadeh kırmızı şarap alalım," dedim. Garson dizi dizi isimlerin sıralandığı bir şarap listesiyle geldi. "En iyisi olsun," dedim.

"İçkiler benden," dedi Lu Wenli, "ısrar ediyorum."

"Gerek yok," dedim, "hesabıma yazdırırım."

Kısa bir duraksamadan sonra bitkin ve derinden gelen bir sesle, "Doğru ya, unutmuşum, meşhur bir adamsın şimdi, seni sadece televizyonda görebiliyoruz artık," dedi.

"Abartıyorsun ama," dedim, "dolandırıcı en çok kendi köylüsünden korkar ama sınıf arkadaşından ondan daha çok korkar. Hem biz sadece sınıf arkadaşı değil, sıra arkadaşıydık da aynı zamanda."

"Beni unutmuş olduğunu sanıyordum," dedi.

"Böyle bir şey nasıl olabilir?" dedim. "Elliden sonra az önce gözünün önünde olan şeyi bile unutmaya başlıyorsun ama geçmişte yaşananlar gün geçtikçe daha da netleşiyor."

"Aynen öyle," dedi, "artık rüyalarımda bile o günleri görüyorum."

"Bu da artık yaşlandığımızın kanıtı," dedim.

"Erkekler için elli yaş en iyi zamanlarıdır," dedi, "ama kadınlar yaşlı cadılara dönüşüyor ellisinde."

Üzerinde bol, siyah bir etek vardı ama karnının şişkinliğini örtecek kadar da bol değildi. O uzun, ince, narin ve küçük yüzü yuvarlaklaşmış ve ay şeklini almıştı şimdi. Gözkapakları düşmüş, göz altları kararmıştı. Şaraplar geldi, kadehlerimizi kaldırıp tokuşturduktan sonra büyük bir yudum içti telaşla.

"Liu Öğretmen nasıl?" diye sordum.

Uzun uzun içini çektikten sonra, "Gitti," dedi.

"Nasıl olur..." dedim şaşkınlıkla, "Daha altmışlarındaydı..."

"Kara bir dulum ben..." dedi.

"Böyle şeyler söyleme..." dedim.

Şaraptan bir yudum daha aldı, gözyaşıyla parlayan bakışlarını bana dikip, "Hayat çok zordu benim için..." dedi.

Onu teselli edecek bir şeyler söylemek istedim ama doğru sözcükleri bulamadım bir türlü, kadehimi kaldırıp tekrar kadeh tokuşturdum. Bu kez başını geriye atıp bitirdi kadehteki tüm şarabı. Ardından şöyle dedi: "Bunlardan konuşmayalım artık, buraya gelmemin sebebi senden bir iyilik istemem." Bir fotoğraf çıkarıp bana uzattıktan sonra, "Bu benim kızım, Liu Huanhuan," dedi, " Maoqiang Gençlik Topluluğu eğitim sınıfı sınavlarına yazdırdım onu, ilk iki aşamayı geçip ilk altmış kişilik listeye girdi bile. Bütün ailelerin çocuklarının seçilmesi için çoktan harekete geçmiş olduklarını duydum, bu yüzden gururu bir kenara bırakıp seni görmeye geldim işte."

Elimdeki fotoğrafa bakıyordum: Liu Huanhuan, büyük bir ağız, kocaman gözler, biraz Liu Öğretmen'i andırsa da daha çok Lu Wenli'ye benziyordu. Hakemlerin Liu Huanhuan ismini zikrettiğini hatırlar gibiydim,

Şef Lu'ya bir mesaj atıp sordum hemen. Şefin mesajında şöyle yazıyordu: "Fevkalade niteliklere sahip, eğer sadece iki kişi seçilse biri o olurdu." Mesajı Lu Wenli'ye de gösterdim. İki gözü iki çeşme ağlamaya başladı birden. "İçin rahatladı mı şimdi?" diye sordum.

İçini çeke çeke ağlarken şöyle karşılık verdi: "Teşekkürler... çok teşekkür ederim..."

"Bana niye teşekkür ediyorsun ki?" dedim, "Asıl kızına teşekkür etmelisin, fevkalade niteliklere ve harika bir potansiyele sahip, sınavları da başarıyla geçmiş!"

"Bugün burada olanların farkındayım..."dedi, "Teşekkürler sınıf arkadaşım..." Sonra çantasından bir zarf çıkarıp, "Sınıf arkadaşım, zarfın içinde on bin *yuan* var, çok görme n'olur, Şef Lu ve diğerlerine benim adıma birkaç şişe içki alırsın..." dedi.

Bir an düşündükten sonra şöyle dedim: "Tamam, sınıf arkadaşım, kabul ediyorum."